ストーリーで楽しむ
日本の古典

千年むかしのきらきら宮中ライフ

枕草子

まくらのそうし

令丈ヒロ子 著
鈴木淳子 絵

岩崎書店

もくじ

1．はじめに

みなさん、こんにちは。令丈《れいじょう》ヒロ子です。

この本を手に取ってくださったみなさんは、平安時代に書かれた、有名な古典文学の『枕草《まくらのそう》子《し》』って、どんなものなんだろうって思って、興味を持っている人がほとんどだと思います。

でも、中には、「枕って、あの、寝《ね》るときに使う枕？　枕のお話？」って思ってる人もいるかも。

そうですよね。

学校の授業で、『枕草子』や作者の清少納言《せいしょうなごん》のことを習った人だったらともかく、何も知らないで、パッとこのタイトルを見たら、かなり「？」ですよね。

『枕草子』というのは、物語ではありません。

清少納言が生きていた、平安時代の日常のことを書いたものです。

しかし、日記とはちがいます。

『枕草子』は、随筆《ずいひつ》です。エッセイとも言います。

日記は、その書き手の生活の中で、どんなことが起きたかをしるすのが中心です。

今、わたしたちが書く日記は、「すごくいそがしい一日だった」とか「悲しかったので泣いてしまった」というその日の印象や、感じたことなどを書くかもしれませんが、この時代の日記は、そうではありませんでした。

「この日に何があったか」を書き残す、記録を重視したものでした。

エッセイは、書き手の、人や世の中を見るセンスがとても大事です。

みなさんのまわりに、すごくお話が上手な人がいませんか？

その人の話が、おもしろくて、ついつい人が集まってしまうような。

それに、テレビのバラエティ番組には、すごくおもしろく話をする人が集まってますね。

だれの身にも起こるような小さな出来事でも、それをなるほど！　と思うようなものにたとえたり、本当だ、そういうことってあるある！　と思うような共感を呼ぶ説明の仕方をしたり。

清少納言《せいしょうなごん》は、その名手でした。

「こういうものって、イイとも思わない？」

「こういうのって、ガッカリよね」

「そのとき、◯◯さんがこういうのを着てて、おしゃれで、もう、すっごくステキだったわ！」

こういうお話って、それを言う人のセンスがよくなかったら、だれもついてきません。なるほどと聞いた人が感心したり、そんなこと言う？　とあきれて笑ったり、うわあ、それ、わたしもその場にいたかったわー！　とはしゃいでしまうのは、その語り手の目のつけどころが、みんなが喜びそうなポイントをおさえているからです。

清少納言《せいしょうなごん》は、そういう話が得意であり、エッセイとして書かれたその内容が、千年以上たっても、読む人を感心させたり、おもしろがらせているのです。

それって、すごいことですよね。

だって、千年以上むかしの女の人……生活も、年齢《ねんれい》も、勉強してきたことも、常識もまったくちがう人が書いたことに「ああー、そうよねえ」「あるある、そういうこと！」と、今の世まで、ずーっとどの時代の人も思って、読み継《つ》がれてきたんですから。

人の気持ちや感じ方って、時代とか、生活環境《かんきょう》とかに左右されない、なんとも太い芯《しん》みたいに変わらない部分が、あるんだなあと感心します。

へえ、『枕草子《まくらのそうし》』おもしろそう！　じゃあ、すぐに現代語にさえ直してもらったら、読めそう！

はい、そうですね。わたしもそう言いたいです。

しかし、さすがにその時代の背景《はいけい》を説明しないと、そのままでは、よくわからない部分もたくさんあります。

そこで『枕草子《まくらのそうし》』に書かれている時代とその背景を、ちょっと説明します。

平安時代、天皇のいらっしゃる宮廷が京都にあったころ、華《はな》やかな宮中は、みなのあこがれでした。

宮中は、政治がおこなわれる場所でもあり、芸術やファッションなどの最先端でもありました。

そこに清少納言《せいしょうなごん》は、正暦《しょうりゃく》四年（九九三年）ごろ、一条天皇の妃《きさき》、中宮定子《ていし》の女房《にょうぼう》として働いていました。

当時のお妃は、天皇をくつろがせ楽しませるような、華やかなサロンを作り、そこに天皇に、よく来ていただくことが大事でした。

そこで定子は、きれいで、センスが良く気が利いて、その場を品よく楽しくしてくれるような宮仕えの女性……女房と言います……を、選抜《せんばつ》して雇《やと》い入れました。清少納言もその一人です。

清少納言は、あまり身分の高くない階級の家の娘《むすめ》ではありましたが、代々歌人の家系で、父親も曾祖父《そうそふ》も、有名な歌人です。

そのため、和歌や物語、絵にもくわしく、中国や日本の漢詩文にふれる機会もあったようです。

特に当時は、「漢字は公用語であり、男の使う字である」という意識が強く、漢詩文の知識があり、それを読める女性はとても珍《めずら》しかったのです。

おそらくそういうところを評価されたのでしょう、清少納言《せいしょうなごん》は定子《ていし》に仕えることになりました。

女房《にょうぼう》にはいろんな仕事がありましたが……お客様の取りつぎをしたり、主人がどこかに行かれるときのお供《とも》をしたり、宴《うたげ》などのイベントのスタッフとなったり……。

特に定子に期待されたのが「サロンの雰囲気《ふんいき》作り」です。

何か問われたときに、さっと気の利いたことを言ったり、みなが感心するようなふるまいをして、定子だけでなく、そこに出入りする人々を楽しませることが大事でした。

「定子様のサロンは本当に華《はな》やかでステキ」だと、貴族の間で評判になること。

天皇が、定子のところに行くのが楽しくて、何度でも行きたくなること。

それが当時の定子サロンの女房の、使命のようなものだったのではないかと思います。

今の世の中では比べられるものがないような、当時の日本で最も華やかで麗《うるわ》しいその場所で清少納言はすごし、そこであったすばらしかったこと、楽しかったこと、わくわくしたことなどを書いたのが、エッセイ『枕草子《まくらのそうし》』です。

そこで、話し上手、たとえ上手、教養や知識がないとできない、知的なやりとりが得意であった清少納言《せいしょうなごん》は定子《ていし》にとても大事にされました。

『枕草子《まくらのそうし》』が書かれるきっかけはこうです。

あるとき、定子《ていし》様は清少納言《せいしょうなごん》に白紙の冊子《さっし》を見せて、言いました。

「これに何を書こうかしら。天皇のところでは、『史記《しき》』を写すそうよ」

定子様にそうたずねられた清少納言はこう答えました。

「枕にしたらよいと思います」

定子様はその答えにとても満足して、その冊子を清少納言にあたえました……。

はい。

これだけ読んだら、なんの会話か、どうして定子は満足したのか、ほとんどの人は説明なしではわからないと思います。

まず、『史記』とは非常に古い時代の歴史書です。

天皇が中国の歴史書『二十四史』の頭初にあたる史記を、白い紙に写される……、勉強熱心でまじめな夫、一条天皇にいかにもふさわしいことですが、では、せっかく手に入ったこの貴重な紙をわたしたちはどう使いましょうか？　何かいい知恵はありませんか？

そう言う定子《ていし》からの問いかけです。

これは、なにげないようでいて、とても大事な質問です。

相手の性格やセンスや教養を理解していて、信頼《しんらい》している相手にだからこそする、女主人からの相談です。

ではそれに対する清少納言《せいしょうなごん》の答え、

「枕《まくら》にしたらよいと思います」

とはどういうことでしょう?

実はこれは、中国・唐《とう》の非常に有名な詩人、白居易《はくきょい》の詩文集『白氏文集《はくしもんじゅう》』にある詩の中の一節
「書を枕にして眠《ねむ》る」という部分をふまえて言った言葉なのです。

おそらく、「書を枕にして眠る白居易」にかけて、心に浮かぶ言葉を集めてお書きになったらいかがでしょうか、という意味を、ほのめかした言葉であったと思われます。

その意味をくみとった定子は、清少納言の知的で気の利いたその答えに満足して
「では、あなたにあげますよ」

と、白い紙を清少納言にあたえます。

ここには、「清少納言、あなたこそ、そういう心に浮かぶものを書くのにふさわしいでしょう

「……」という定子《ていし》の気持ちがこめられているのです。

（ただしこれには、はっきりとした正解はなく、いろんな説があります。天皇が『史記《しき》』＝「敷《し》き（敷布団のようなもの）」なら、こちらは「枕《まくら》」でいかがでしょう、という意味であったという説。枕は「歌枕」など和歌を連想させるので、漢文の『史記』に対して、こちらは和歌のような、くだけたひらがなのものを書いてはいかがでしょうかという意味だったのでは？　という考えです。また、寝《ね》る前に枕に頭を乗せたときに、頭にふと浮かんだことや、思い出したことなどを書いてはいかがでしょうという意味だったのでは、という説もあります）

え？　説明が長い？

そして、その会話、わかりにくいし、めんどくさい？

……そうですね。

まあ、はっきり言うと、ずいぶん遠回しで、言いたいことがよくわからない感じの会話ですね。

そうなんです。

平安時代の高貴な方々の会話は、基本、思ったことをそのままはっきりと口に出さなかったみたいです。

あとでまた、その話を出しますが、定子と清少納言《せいしょうなごん》というのは、この時代の女性にしては（しかも定子《ていし》は天皇の最高位のお妃様《きさき》)、あまりふつうではないタイプの方々でした。

はっきり意見を言い、思ったことは口に出し、おもしろいことを言ったり聞いたりして、毎日を楽しむという女性は、高貴な立場になればなるほど、珍《めずら》しかったのです。

なので、今の会話……、現代の会話にしたらわかりにくい感じがしますが、その時代や二人の立場、宮中での会話であるということなどを考えますと、相当、「自分の意思がはっきりしている」「自分の考えをちゃんと示す」「それも知的で、高い教養がないと伝わらないようなカッコいい言い方で」のやりとりなんですね。

また、この時代の「紙」は、一枚一枚手すきで作られていて、量産はできません。大変貴重で、手に入りにくいものでした。書き損じたら、破って捨《す》てて新しいのに書く……なんて、とんでもないことでした。

ましてや天皇様のもとに届《とど》けられた紙ですから、それは大変美しく、質の良い紙であったことでしょう。

そういう貴重なものをあたえ、それに自分の思うことを書けばよいとまで思わせるというのは、定子がいかに清少納言《せいしょうなごん》のことを重んじ、また、その「文章センス」を早くから見抜いていたのかと感心します。今の世の中だったら、出版社の社長さんになれたのではないでしょうか。

この時代は、公式の書類、文書はみな漢字の文章で書かれていました。

それ以外の、公的なものでなく、自分のことを書く場合はひらがなを使っていました。

しかし、その、ひらがなで作者が思うように書いたものと言えば、「歌集」「物語」「日記」だけでした。

当時の貴族は、切ない恋心や、悲しむ心、美しいものを愛でる心など、歌で気持ちを表現していました。しかし歌には決まった形やルールがいろいろあります（五・七・五・七・七と字数が決まっているうえに、季節を表す言葉を入れるなど）。

物語は、架空《かくう》のお話を書いたもので、作者の気持ちをそのまま書いたものではありません。

日記は、日付け順にその日あったことを記録する意味合いが強く、これも思ったことを次々に書くというものではありませんでした。

そういう形式にとらわれず、ふだん話している言葉を使って、自由に自分の思うことを書く……、「エッセイ」そのものが、まだ存在していなかったのです。

清少納言《せいしょうなごん》は定子《ていし》にもらった紙に、はじめは「人に見せるつもりでもなく」心に思うことを書きました。

それが今日『枕草子《まくらのそうし》』と呼ぶものの元になり、「エッセイ」の誕生《たんじょう》となりました。

そして『枕草子《まくらのそうし》』の「枕」という言葉には、白居易《はくきょい》の詩文をベースにした文学的な背景《はいけい》と共に、寝《ね》るときに頭の下に敷《し》く「枕」を意味するものでもあったのですね。

では、『枕草子』には何が書いてあるのか。どういういきさつで書かれ、有名になっていったのか？

ここからは、清少納言《せいしょうなごん》さん、ご本人に語ってもらいましょう。

清少納言さんは、とっくに亡《な》くなってはいますが、読み継《つ》がれる『枕草子』の中に生きてらっしゃいますから、本を開きさえすればすぐに起き出してくれるはずです。

ではでは、ページをめくってみてくださいね。

令丈《れいじょう》ヒロ子

2. 清少納言《せいしょうなごん》、宮中に行く

おはよう。

この本の……この『枕草子《まくらのそうし》』の作者の、まえがきは長いわね。

あのさ、いかにも立派《りっぱ》でスゴイ人っぽい紹介《しょうかい》をいただいたけど……。

「自分の感じたこと、思ったこと、ちょっと考えたことを自分の話し言葉で発表する」ことなんて、今の時代はもう、ちっとも珍《めずら》しくもないものでしょう？

作家とか画家、建築家、デザイナー、ミュージシャン、映画監督《かんとく》みたいなクリエイターだけじゃなくて、人気モデルとか、アイドルとか。何かで有名になった人って、たいてい一冊ぐらいエッセイ集を出版してるし。

いや、有名人じゃなくても、おもしろいブログやって人気出てる人、たっくさんいるし。

ツイッターで思ったことをつぶやくとか、インスタグラムだっけ？　写真とか短い動画メインのやつ。あと、投稿《とうこう》動画ね。あれって、おもしろいなあって思うわね。

わたしが今の時代にリアルに生きてたら、動画をアップしてみたいわね。

自分がピンとくる、カッコいいものとか、きれいなものとか、好きな音楽と一緒《いっしょ》に編集して。季節に合わせたおしゃれなコーデを次々アップするとかもいいし。おいしいお料理をチラッと見せながらの、仲間内での笑える会話とかもいいかも。

あ、みんなとっくにやってるか。

今の時代は、そういうのって貴族階級の遊びって訳じゃないし、どこのだれでもパソコンとかスマホがあれば発信できるもんね。

まあさ、わたしが書いたのって、要はそういうこと。すっごく早い時代にそれをやったから、みんな珍《めずら》しがって、有名になったけど。

だけどわたしの書いたものが、新しかった「エッセイ」形式だったたってこともあるけど、どんどん広まっていったのは、主に宮中での生活を書いたからじゃないかな。

特にわたしがお仕えした中宮定子《ていし》様は本当にすばらしい方で。

一条天皇様との仲むつまじさときたら、もう麗《うるわ》しくて。

多くの方にとって、宮中はなかなかかいま見ることもできない「夢のような」別世界だし、ましてや伝説の愛！　を貫《つらぬ》かれた一条天皇様と定子様の純愛は、後の世の語り草になったほどだもの。

それを「エッセイ誕生《たんじょう》！」だとか、「『枕草子《まくらのそうし》』ってすごいでしょう」とか、平成生まれの読者に言っても、ぴんとこないんじゃない？

まあ、いいけど。ほめてもらってるんだもんね、素直に「わたし、すごい！　わたし、えらい！」って思っておくことにするわ。ほめられるのって、いくつになってもやっぱりうれしいものだもん。

ああ、今ごろって感じだけど、名乗るわね。

わたしは清少納言《せいしょうなごん》。って、言ってるけど本名じゃないの。

この名前でこんなに有名になるとは思ってなかったから、最初は慣れなかったけど……。

清原元輔《きよはらのもとすけ》が父の名前。

わたしが宮中で働いていた時代は、女性は自分の本当の名前を家族以外に教えないのがふつうだったの。

それに今の時代みたいに、しょっちゅう何かにサインすること……住所の届《とど》け出とか、クレジットカードを使うときとか、ポイントカードを作るときとか……なんて機会はいっさいないし、まず自分の名前をどこかに書くなんてことはなかったからね。

だから、天皇様や皇太子様の妃《きさき》になった人とか、よほど特別な立場の女性でなければ、名前が記録に残ることもなかったのよね。

では女性が家族以外の人にどうやって呼んでもらうかというと、たいていは父親の名前に「……の娘《むすめ》」とくっつけたもの。だからわたしも「清原元輔《きよはらのもとすけ》の娘」と呼ばれていたんだけど。

あの日、宮仕えの初日、お名前をいただいたのよ。

「そなたの名前はこれより清少納言《せいしょうなごん》とします」

と、先輩《せんぱい》の女房《にょうぼう》に言い渡されたの。

ちょっとアレ？　って感じだった。

お勤《つと》めのための名前にしても、かなりイレギュラーな感じ。女性が宮中でお勤めするときに使う名前って、たいてい、父や兄の姓《せい》や仕事の役職をつけられるのよね。

平安時代の名前っていうと○○式部《しきぶ》っていうのが、有名だろうけど、これも「式部省」に父や兄が勤めているからだったり。

「清少納言」の「清」は、父の清原姓からだろうって、まだわかるんだけど、「少納言」って？

少納言っていうのは、公の書類を扱ったり、書類に押す印鑑《いんかん》なんかを管理する役職なんだけど、わたしの血筋にそういう役職の男性はいなかったの。

（ということは、わたし自身が「少納言」的な？　文書に関係するような……お仕事を期待されているのかしら！）

わたしははっきり言って、宮中で働かせていただくにしては、身分が高くなかったの。

宮中のお妃《きさき》様にお仕えする女房《にょうぼう》は、いいお家の、きれいなお嬢《じょう》様が多かったし。

そこにわたしがわざわざ採用されたのは、（とびぬけた美人でも、お嬢様じゃないってことも、自覚してます！）わたしが代々歌人の家系に生まれたことや、父の清原元輔《きよはらのもとすけ》が天皇様にも認《みと》められた有名な歌人だったから。さぞ、和歌が上手で、教養があることだろうと、そこを認められたんだと思うのよね。

「清原元輔の娘《むすめ》は、ずいぶんいろんな本を読んで教養もあるようだし、なかなか気の利いた、おもしろいことを言う」

という評判も、実は身分の高い方々の間で、うわさになっていた……らしいし。

そう思うと、なんだかまだ何も始まっていないうちから、わたしという人間のよいところや、優《すぐ》れたところを認めていただけたような気持ちになって、ぴん！　と背筋《せすじ》が伸《の》びた感じがしたわ。

「定子《ていし》様のご決定です。これからはその名を使うように」

「はい！　ありがとうございます」

こんなカッコいい名前を決めてくださる定子《ていし》様ってどんな方なのかしら?

わたしはお仕えする女主人のことを想像するだけで、わくわくしたわ。

わたしを宮仕えに採用してくださったのは、定子様のお父様の関白、藤原道隆《ふじわらのみちたか》様。

関白というのは、天皇様に直接政治のアドバイスをしたり、相談を受けたりする、貴族の中で最も高い地位よ。

つまり定子様は、当時最も位が高い、大臣家のお姫《ひめ》様であったの。

さらに定子様は「中宮」でいらっしゃる。

この時代は、天皇様が何人ものお妃《きさき》を持つのがふつうだったんだけど、「中宮」というのは、お妃の中でも最高の位なの。

つまり定子様は、そのとき、最高のお家柄《いえがら》であり、裕福《ゆうふく》で権力のあるお父様が後ろ盾《だて》にいらっしゃり、その上女性として最高の位にいらっしゃる方だったのよ。

また、定子様はお美しいというおうわさは聞いていたけれど、それだけでない、という評判も聞いていたわ。

定子様のお母様は、高階貴子《たかしなのきし》様といって、お若いころ「内侍《ないしのすけ》」という女官として、宮中でお勤《つと》めをしていらした方で、とても教養のある女性と評判だったのよ。その貴子様が定子様に、女性らしい教育（美しい字を書くこと、お琴《こと》など楽器を奏《かな》でられること、和歌の知識）だけでなく、漢文や漢詩など、幅広い勉強を受けさせたのよ。

おしとやかで控《ひか》えめなだけでなく、政治の話も理解でき、ときにははっきりと自分の意見を言える、明るくて聡明《そうめい》な……そういう女性に定子《ていし》様を育てられたということだったの。

これは、すごく珍《めずら》しい……画期的なことだったのよ。

わたしの生きた時代は、女性が男性と同じぐらいの教養を身につけるのがよいという考えはなかったの。むしろ逆かな。

漢字を書けたり漢詩を知ってたりする女性は、なまいきでよくないと考える人の方が多かったわ。

また、身分の高いお嬢《じょう》様ほど、他人、特に男性に顔を見られてはいけないので、お屋敷《やしき》の奥《おく》深くに、囲われるようにしてくらすのが当たり前だったの。

宮中で女房《にょうぼう》として働くということは、いろんな方とお話しするし、家族以外の男性ともたくさん接することになるわ。

お仕事の内容も、貴《たっと》い方の身のまわりのお世話をしたり、お話のお相手、お勉強やおけいこのお相手、訪《おとず》れてこられる貴族の方々のお取りつぎ、宴《うたげ》を盛り上げることなどなど。

つまり世の中のことや、絵や文学の知識がないと、とても勤《つと》まらない。ファッションだとかインテリアとか、流行っているものにも敏感《びんかん》でないといけないし、とにかく身分の高い方々のお相手だから、その場の空気を読んで、いろんな気配りができないと失礼になるし……。

おっとりと控《ひか》えめなお嬢《じょう》様のままでは勤まらない感じよね。

宮中に勤める女性は、なまいきで男勝りでやりにくいとか、男性から言われる原因としては、そういうところがあったかな。

でも、わたしは、宮中に勤めたかった。

身分の高い方々は、どんなに華《はな》やかで、おしゃれで、知的な生活をしていらっしゃるのか知りたかったし（好奇心が強いのよ！）、そういう場所に身を置いてみたかった。

わたしは、もともと主婦だったの。

十六歳のときに父のすすめで結婚《けっこん》した、夫の則光《のりみつ》は、けして悪い人じゃなかった。でも、和歌が苦手で、文学がきらい。気の利いたやりとりや、知的でおもしろい会話なんてのぞめない相手だった。

好きなものがまるで合わない、人生で大事だと思うことがちがう相手だと……仲良くしたくても、むずかしいわね。

そのうち則光《のりみつ》には、ほかに好きな女の人ができちゃって。この時代は、男性が何人もの女性とつきあったり、身分の高い人だと妻を何人も持つのがふつうだったけど、わたしは、そういうの、きらいだったのよ。

制度や世間は許しても、わたしはいや。夫や恋人、自分が好きになった相手には一番に好きでいてほしい。

それで離婚《りこん》しちゃった。

お父様も亡《な》くなってしまった上に、夫とも別れたわたしは、一人になった。

わたしは、そのときにこれから自分がどう生きたいか、本気で考えたの。その結果、あこがれだった宮中で働きたいと思ったという訳。

それだけに、美しく、お家柄《いえがら》もよく、お妃《きさき》の最高位の中宮でいらっしゃるだけじゃなく、特別な勉強もなさって教養高くていらっしゃるという定子《ていし》様のもとでお仕えできるというのは、とんでもなく光栄なことで、舞《ま》い上がるほどうれしいことだったの。

(定子様って、どんなにすばらしい方なんだろう?)

わたしの期待はふくらむばかりよ。

そして、とうとう定子様のところに参上する日が来たのよ。

うれしくて、舞《ま》い上がって、期待で胸《むね》がはちきれそう！　だったわたしだけど、いざお目にかかるとなると、今度はめちゃめちゃ緊張《きんちょう》してきちゃったの。

定子《ていし》様のお部屋の前まで来たら、そんなにすばらしい方に、わたしが気に入っていただけるだろうか？　って、猛烈《もうれつ》に不安になってきて。

定子様のまわりには、もうすでに、気の利いた、美しい女房《にょうぼう》たちが何人もいて、お相手を務めていることだろうし……。

平安時代の女性の「美人」の条件。それは長く豊かで美しい黒髪《くろかみ》。

ところがわたし、まずそこに自信がなかったの。髪が少ないのが悩《なや》みで、コンプレックスよ。

自分のすがたがみっともないと思われないかなんてことも、気になってくる。

だってね、定子様のお部屋は夜でも明るいの！

当時はもちろん電気なんてないから、夜の明かりは灯火《とうか》なんだけど。定子様のまわりにたくさんの灯火があかあかとついていて、灯火のそばに行くと昼間よりも、着物の模様《もよう》だとか髪だとかの細かいところがよく見えてしまうぐらい、明るかったの！

（こ、これじゃわたしのみっともない薄《うす》い髪も、定子様に見えてしまうわ……）

わたしはもう、とてもじゃないけど定子《ていし》様のすぐ前になど行けなくて。何をしてよいのかわからないで、おどおどして、恥《は》ずかしいことばかり。はりきって出仕したというのに、今思い出しても涙《なみだ》が出るほど、情けないありさまだったわ。

その日から、一応毎夜、定子様のお部屋には参上するのだけれど、いつも几帳《きちょう》のかげにかくれるように、小さくなっていたの。

あ、几帳っていうのは、部屋をしきるもので、人の肩《かた》ぐらいほどの高さに立てた横長の棒《ぼう》に、布をつるして垂《た》らしてあるものなのよ。美しい布や紐《ひも》を床に引きずるほど垂らした、豪華《ごうか》なパーティションって言ったら想像しやすいかしら？

（ちなみにこの時代の、位の高い方は、小さい部屋をいくつも使うんじゃなくって、広いお部屋を几帳やびょうぶなどでしきって、一部を私室のスペースにしたの。たくさん人が来るときは、お客様の人数に合わせて、几帳やびょうぶを移動させて広いイベントスペースにしたり、リビングルームのように使ったり。お部屋を使いやすいようにレイアウトしたの。便利よね）

そんなわたしを見かねたのかしら。ある日、定子様がこうおっしゃったの。

「清少納言《せいしょうなごん》、こちらへいらっしゃい。一緒《いっしょ》に絵を見ましょう」

わたしは、びくっと飛び上がった。

先輩女房《せんぱいにょうぼう》が、わざわざ場所をあけてくれるけど、みんなに注目されながらその中を進むなんて……。寒い季節だというのに、汗《あせ》をかきそうだったわ。

「は、拝見《はいけん》します……」

情けないほどの小さな声で返事をするのがやっと。

「この絵はね、……なのよ。それに……なの」

定子《ていし》様がいろいろ教えてくださっているのに、ぜんぜんその内容が頭に入らない！　もう、ぼうっとしてしまって！

だってね、お衣装《いしょう》のそでから、ほんの少しのぞく定子様のお手が、信じられないぐらい美しかったの。つややかで、透《す》き通るような白いお肌《はだ》に、灯火《とうか》の金色の光がさして、ほんのり薄紅梅《うすこうばい》色に見える……。

紅梅色っていうのは、平安時代、貴族が好んだ色でちょっと紫《むらさき》がかった薄い紅色のこと。薄紅梅色は、それがやや淡《あわ》くなった、とっても上品でかわいらしいピンク色のことよ。

(匂《にお》い立つように美しい……このような方がこの世にいらっしゃるなんて……)

わたしは、ただ、定子様の美しいお声に聞きほれ、うつむいて、定子様のお手や、しっとりとつやのある髪《かみ》や、お衣装を見ているだけだったわ。しっかりした受け答えどころか、声も出せなかったの。

（ああ、わたしったら、宮中にお仕えしたら、自分の良いところが認《みと》めてもらえるかもだとか、身分の高い方々のくらしはどんなか知りたいとか。なんて浅はかでおろかなことを思っていたんだろう。世間知らずの、身のほど知らずとは、このことだわ）

あっという間に時間はたち、気がついたらもう明け方になってしまった。

（いけない。外が明るくなったら、わたしのみっともないすがたが、よけいにあらわになるわ！そんなの耐《た》えられない！）

明け方までずっとうつむいて、顔をまともに上げようとしない上に、早く自分の部屋に帰りたくてそわそわしているわたしに、定子《ていし》様は、おかしそうにこう言われたの。

「清少納言《せいしょうなごん》ったら。葛城《かつらぎ》の神だって、もう少しはゆっくりとしていらっしゃいますよ」

葛城の神というのは、自分のすがたがみにくいと思いこみ、人目につかないように夜だけ働いたという神様のこと。

そう言われたら、よけいに恥《は》ずかしくて、わたしったら、本当は格子窓《こうしまど》を開けなければいけないころなのに、格子窓に手をかけようともしなかったの。

「もう朝ですので、格子をお上げいただけますか」

と、宮中で働く女官がやってきて、女房《にょうぼう》に言うのを、定子《ていし》様は笑いながら
「まだ、だめよ」

と、止めてくださったのも、すごく恥《は》ずかしかったわ。

そのあと、定子様はほかの女房たちと、あれこれ楽しそうにお話されていたのだけれど、ふっとわたしの方を向いて、優《やさ》しく言ってくださった。

「清少納言《せいしょうなごん》、もう、帰りたいようね。では、そろそろお帰りなさい。でも、次はもう少し早く来てね。あなたと、もっとお話をしたいわ」

（そこまでわたしの気持ちを考えて、お言葉をかけてくださるなんて……）

定子様はそのとき十七歳。わたしよりも十歳以上も若くていらっしゃるというのに、その場にいる女房たちの気持ちを察し、みんなが楽しくいられるように気配りされ、だれよりも美しく、かしこく、優しくいらっしゃる。

（こんなすばらしい方にお仕えできるなんて……）

わたしは感動するばかりだった……。

え？　何？　そんなことがあったら、その夜の参上からは、覚悟《かくご》を決めて、ちゃんと定子様とお話しただろうって？

それがね……。わたしって、はっきり好ききらいを口に出すし、『枕草子《まくらのそうし》』にもそういうことをたくさん書いてるから……、こういう人はみっともないとか、こんな態度はうっとうしいとか、センスないとか……。だからさぞ、堂々とした、自信家だろうって思われてるみたいなんだけど、実はけっこうダメダメなのよね……。

その日は雪だったの。

昼でも雪で、空は灰色《はいいろ》、曇《くも》ったようなお天気。

そうしたら、なんとまだお昼なのに、

「定子《ていし》様が清少納言《せいしょうなごん》をお召《め》しです」

と、お呼びがあったの。

暗い夜でもあんなに緊張《きんちょう》して、自分のすがたが恥《は》ずかしいのに……とぐずぐずしていると、その気持ちを読み取られたように、

「今日は雪曇りのお天気で、お昼でも薄暗《うすぐら》くて、そんなにはっきり見えませんから、いらっしゃい」

と、お伝えがあったの。

それでもまだ局《つぼね》(女房《にょうぼう》の部屋をこう呼ぶの)のすみにかくれていたら、とうとう先輩《せんぱい》の女房た

ちにしかられてしまったの。

「何度もお召《め》しがあるのは、定子様《ていし》はきっとあなたを気に入ってらっしゃるのよ。こんなにひきこもっていては、なんのために宮中に来たのかわからないわ。定子様のお心にそむくようなことを、してはいけません！」

そう言われちゃったら、返す言葉もないわよね。

定子様のおそばにお仕えするために宮中に上がったんだから、局《つぼね》にかくれているんだったら、意味ないし……。

それで、とうとう、おどおどしながらも、定子様のお部屋に参上したの。

定子様は金銀の蒔絵《まきえ》が美しい、うるし塗《ぬ》りのきれいな火桶《ひおけ》……炭火が入っているストーブみたいなもの……のそばで、ゆったりとくつろいでいらっしゃったわ。

次の間には、きれいな衣をカッコよく着こなした、慣れた様子の先輩女房《せんぱいにょうぼう》たちがいた。お手紙の取りつぎや、お話をするのもみんな余裕《よゆう》たっぷりって感じ。奥《おく》で絵を見ている人たちもいたわ。

（ああ、うらやましい。どうしたら、あんなふうに落ち着いて、定子様のおそばでお仕えできるんだろう）

そんなことを思って部屋のすみにいると、声が聞こえてきた。

「殿《との》様がいらっしゃいました」

（えっ、殿様と言ったら、道隆《みちたか》様のことかしら）

定子《ていし》様だけでも、緊張《きんちょう》してろくに返事もできないのに、お父様の道隆様までいらしたら、もう、いよいよどうしていいかわからない。

もうこのお部屋から退出させてもらおうかとも思ったけれど、とりあえず、また几帳《きちょう》の裏《うら》にかくれたの。とにかく几帳の裏がこのときのわたしの定位置みたいな感じ！

几帳の裏って、案外いやすいのよ。こちらのすがたは人に見られないし、垂《た》れた布のすきまから、こっそりのぞき見もできるしね。

道隆様にお目にかかるのは、とんでもなく緊張するけど、おすがたは見てみたいって気持ちはあったの。

すると、几帳のすきまから、それは美しい紫《むらさき》の直衣《のうし》……貴族の男性のカジュアルめの衣装《いしょう》のこと……が見えたの。

（あら！　道隆様じゃない。お兄様の伊周《これちか》様だわ。お衣装の色が白い雪にはえて、なんてきれいなの！）

定子様のお兄様の藤原《ふじわらの》伊周様は、このとき大納言《だいなごん》。お父様の関白という地位には及ばないけれど、これも高い位よ。それに、おしゃれで美男子。今をときめく貴公子なのはまちがいないわ。

伊周《これちか》様は柱にもたれるように、ゆったりとお座《すわ》りになり、

「雪がたいそう降《ふ》りましたから、お見舞《みま》いに参上しました」

と、おっしゃった。

「まあ、『道もなし』でしたでしょうに、どうやっていらっしゃいましたの？　大変でしたでしょう」

定子《ていし》様がおっしゃると、伊周様は、

「ええ、『あわれ』と思ってくださると思いましてね。どうです、お兄様はなんて優《やさ》しい方なの、って感激《かんげき》されましたか？」

と、ほがらかに言われ、お二人は微笑《ほほえ》みあわれた……。

この会話って、なにげなくかわしてらっしゃるけれど、実はすごくすばらしいの！

『拾遺和歌集《しゅういわかしゅう》』っていう、とても有名な和歌集があって、その中に「山里は雪ふりつみて道もなし　今日来《こ》ん人をあわれと見ん」という歌があるの。

お二人とも、この歌をよく知っておられて、雪の中をわざわざ来られた伊周様をねぎらわれるお言葉や、それに答える言葉にも、さりげなく歌の言葉を織りこまれたの。

そもそも伊周《これちか》様は、雪の歌になぞらえて、お見舞《みま》いに来ようと思いつかれたのかもしれない！

（なんておしゃれでステキな会話なのかしら！　物語の中の世界みたいだわ）

伊周様は、女房《にょうぼう》に冗談《じょうだん》を言って笑わせ、また女房もすましてそれに返答する。

それをながめていらっしゃる定子《ていし》様は、白い着物の上に、美しい模様《もよう》が織り出された紅《くれない》の絹《きぬ》の衣をお召《め》しになって、そこに長くつややかな黒髪《くろかみ》が流れているご様子は、絵のよう。

（ああ、これが宮中なのね……）

あまりにもまぶしく、きらびやかで、夢の中にいるようだと思ったわ。

そのときだったの。伊周様がとんでもないことをおっしゃったのは。

「おや、几帳《きちょう》の後ろにいるのは、どなたでしょうか？」

伊周様は近くにいただれかに、何かをおたずねになったかと思うと、わたしのすぐ前にいらっしゃった。

「そうでしたか。あなたがあの歌詠《よ》みの元輔《もとすけ》の娘《むすめ》でしたか。あなたのお父君は、歌で有名なだけでなく、とてもおもしろい方だとお聞きしてますよ」

そのお言葉を聞いて、わたしは頭が真っ白になったわ。

（ああ！　あのことを伊周様もご存じなのだわ！）

……それは、賀茂祭《かものまつり》のことよ。お父様は、奉幣使《ほうへいし》と言って天皇様のお使いで、馬に乗って一条大路を渡っていたの。祭りを見ようと、そのとき一条大路にはおおぜいの見物人がいたわ。

そのとき、馬がつまずいて、お父様は落馬してしまったの！

けがなかったのは良かったけれど……起きあがったお父様のその頭には、冠《かんむり》がなかったのよ！

平安時代の男の人は、人前では冠か烏帽子《えぼし》っていう背《せ》の高い帽子を、常につけているのがあたりまえ。何もつけてない頭を、おおぜいに見られるって、ありえないぐらい恥《は》ずかしいことだったの！

おまけにお父様は……つるつるの……はげ頭だったの。

なのにお父様ったら冠をすぐに拾ってかぶろうともなさらず、みなさんの前に進み出て、いろいろおっしゃったそうなのよ。

「この事故は、だれのせいでもないのだ！　この道は石がごろごろしているし、それに馬がつまずくのもしかたがないし、この冠が落ちるのも、しかたがない。冠というものは、何かで結びつけるものでもない。ふつうは髪《かみ》をまとめて中にかき入れて、その髪で支えられているものなのだ！　その髪がないんだから、冠が落ちても、これこそ本当にだれのせいでもないでしょう！　みなさん、そう思いませんか？」

そんなことを、夕日で頭をぴかぴかと光らせながら、言ったものだから、もう全員大爆笑《だいばくしょう》だったらしいの……。

お父様はすごく有名な歌人だったというのに、この賀茂祭《かものまつり》でのことで「頭がはげているおもしろい人」としてみんなに知れわたってしまって。(『今昔物語集《こんじゃくものがたりしゅう》』や『宇治拾遺物語《うじしゅういものがたり》』にもそのことが、笑い話として載《の》ってるわ。千年以上も読み継《つ》がれていて、『枕草子《まくらのそうし》』ってすごいって、言われてるけど、落馬して冠《かんむり》が落ちてみんなに笑われたことが千年以上も先の人たちに知られるお父様の方が、ある意味もっとすごいかも……)

わたしは、もうひたすら恥《は》ずかしくて、お返事するどころではなく、ただうつむいてしまったの。

そうしたらなんと、伊周《これちか》様は几帳《きちょう》のすきまからすっと手を伸《の》ばして、

「おや、この扇《おうぎ》の絵はすてきですね。だれが描《か》いたのかな」

そう言って、顔をかくしていた扇を取り上げてしまわれたの!

もう、恥ずかしいなんてもんじゃないわ。わたしは、そでで顔をかくし、とっさにつっぷしてしまった。そして、(しまった!)と思った。

(ああ、いけない、こんなことをしたら、白粉がそでについて、お化粧《けしょう》がまだらにはげちゃう!)

この時代のメイクって、決してナチュラルメイクじゃなかったの。

いくら灯火《とうか》があったって、LED電球にはとうてい及ばない。今の世の中に比べてお屋敷《やしき》の中はいつも薄暗《うすぐら》かったのよね。夜なんて、灯火からちょっと離《はな》れたらぼんやりとしか顔が見えない。

なので、顔をハッキリときれいに見せるためには、そして豪華《ごうか》でボリュームのある衣装《いしょう》につりあうように、白粉はべったりと！　真っ白に！　眉《まゆ》も口紅《くちべに》も、わりあいハッキリと「ハイ！　顔のパーツ、ここにあります！」とわかるようなぬり方だったのね。

その分、何かにこすれたりしたら、お化粧《けしょう》がはげやすいっていう欠点があったの。

そんなだから、もう最悪。お父様のことは言われちゃうし、顔はまだらになるしで、さっきまで麗《うるわ》しいご兄妹のすがたをかいま見て、「夢のようだわー」なんて、ぽうっとしてたのが、今度は悪夢のようだったわ。

見るに見かねた定子《ていし》様が、なんとか伊周《これちか》様をわたしの近くから引き戻《もど》そうと、

「ねえ、お兄様。これはどなたの書かれたものでしょうか？　こちらでちょっとごらんになりませんか？」

と、草子《そうし》を出して、声をかけてくださったのだけれど、

「いや、この人がわたしをはなしてくれなくてね。こちらで見ましょう」

などと、ますますおふざけになるのよ。

「その草子《そうし》も清少納言《せいしょうなごん》に見せれば、だれの筆跡《ひっせき》か、たいていのものはわかるでしょう」

と言って、なんとかしてわたしに、何か返事をさせようとなさる。

わたしは、もう、生きた心地がしなかったわ。

ところがそのとき、もっとありえないことが起こったの。

今度は、本当にお父様の道隆《みちたか》様がいらっしゃったの。

道隆様は、伊周《これちか》様以上に冗談《じょうだん》が好きで、現われるなりおもしろい軽口を次から次へとおっしゃるので、女房《にょうぼう》たちが笑いさざめいたわ。

道隆様が現われただけで、雪曇《ゆきぐも》りの部屋が、ぱっと光が集まるように明るく、あたたかくなった感じ。

(伊周様が美しく冴《さ》えた月のような方なら、道隆様はすべてを照らす太陽のようなお方だわ。そして定子《ていし》様は……空に輝《かがや》く星かしら？　それとも月と太陽を行き来する、天女様かしら？)

わたしは、几帳《きちょう》の裏《うら》から、そのきらびやかな光景をながめて、ほこらしく思ったの。

(これが……わたしのお仕えするところなんだわ。わたしが想像していたことよりもはるかにすばらしい、夢のような世界が！)

でも、これは夢じゃない。物語のような、天人の住む不思議な世界でもない。現実なんだ。わたしは、本当にその中に……宮中に住み始めているんだ！

そう思ったら、わたしは、体の中にしゃきっと一本の筋が通ったような気になった。

いつまでもびくびく、恥《は》ずかしがったり緊張《きんちょう》したり、かくれていてはいけない。

宮中に勤《つと》めるにふさわしい人間にならなくては！

やっと、そう思えたの。

3．清《せい》少《しょう》納《な》言《ごん》、人気者になる

そして春になった。

わたしは、このころになると、ずいぶん宮中の生活を楽しめるようになったわ。恥《はじ》をかくのを恐《おそ》れて、びくびくしているのは、みっともない。

しっかりと、お仕えしなければ、わたしをやとってくださった道隆《みちたか》様や、わたしを気に入ってくださっている定子《ていし》様にも失礼にあたると思うようになったの。

精いっぱい、自分にできることをがんばって見つけて、定子様のご期待にこたえなければ！

そう決意してから、わたしは積極的に、定子様の問いかけにお答えしたり、自分なりの考えや、ふだんから思っていることを、できるだけ明るく、みんなが盛り上がるように工夫して、言うようにしたの。

話題がなくなったときとか、なんとなく時間をもてあましたときとか、どんな話をしたら、定子様が、満足してくださるだろう？　女房《にょうぼう》のみんなが、喜んでくれるだろう。

わたしは、考えたわ。

え？　歌や漢詩にくわしいんだったら、そういう話をどんどんしていけばいいだろうって？

それがそう簡単にはいかないのよね。

何しろ、漢詩の知識のある女性はまだまだ少ないから、知っていても「漢字なんて読めませんよ」と言うのが女性らしい慎《つつし》みだ……という考えの人が多かった時代だからねえ。

知っていることを知らないふりをするなんていうのは、つつましいというよりも、なんだかずるい感じだし、わたしの知識や教養を、かってくださっている定子《ていし》様にも失礼だからしたくない。

だからって、自分から「こういうことを知ってますか」なーんて言いだすのも、なんだか知ったかぶりっぽいし、それこそ、なまいきで感じが悪い……。

漢詩の話は、定子様や、いらっしゃったお客様から何かたずねられたら、お答えするのがいいわよね……。

それから、歌。

平安時代の貴族の女性は、歌の教養がとても大事とされていたの。

有名な和歌集の歌をちゃんと覚えていたり、また、自分の気持ちを表すのも、歌にこめて詠《よ》んだり、お手紙に書いたりすることが、とても大事なことだったのよ。

わたしのお父様は、『拾遺和歌集《しゅういわかしゅう》』などの有名な和歌集にたくさんの歌が選ばれているし、天皇様に任命されて、すぐれた歌を選んで集め、歌集を作ったりもされて。本当にすばらしい歌人だったんだけど。

実はこれってわたしには大きなプレッシャーだったの。

わたしは歌に関して、とてもお父様に並《なら》ぶような才能はないと思ってたわ。がんばって自分なりにいい歌を詠《よ》んでも、お父様の歌と比べられると、つらい。へたな歌を詠んだら、「あの清原元輔《きよはらのもとすけ》の娘《むすめ》なのに」なんて言われて、お父様の名をけがすようなことになりかねない。

そう思うと、軽い気持ちで歌を詠めないの！

そうなると、いったいどんな話題が、宮中にふさわしいかしらと、ずいぶん考えたわ。そこで、これイイかもって思ったのが「こういうのって、すてきですよね」ってこと。

ある日、定子《ていし》様のお部屋で、何かのことで、「……で、心がときめいたのよ」というお話になったの。

それで、思い切って、自分から話してみたの。

「心がときめくものってありますよね。わたしは、すずめの子を飼うのって、かわいくってどきどきします」

するとと、定子《ていし》様もみんなも、

（そうね。小鳥って、かわいいものね）

という感じで、ちゃんと聞いてくださったの。

それで続けたの。

「よい香《かお》りのお香《こう》をたいて、一人で香りを楽しみながら横になっているときも、静かにときめきますわ。それから、髪《かみ》を洗《あら》って、お化粧《けしょう》もして、よく香をたきしめた着物を着たときは、だれに見てもらう訳でなくても、うれしくてときめきますわ」

すると、みんな、なるほどそうね！　と感心してくれたの。

「好きな香りって、いやされますものね！」

「そうですね。おしゃれをしたら、それだけでも気持ちが高まって、楽しくなるわ」

ここでちょっと説明。

平安時代って、香水はなかったの。お香に火をつけて、その煙《けむり》の香りを着物に移して、好きな香りを楽しんだのよ。で、どんな香りをただよわせているかで、あの人はセンスがいいとか、おしゃれだって、うわさになったりするので、お香って、けっこうみんなが関心のあることだったのね。

こうしてみると、女の人の好きな話題って、千年たっても変わらないなあって、思うわ。

おしゃれやコスメのこと、それからいい香《かお》りって、女の人大好きよね！

今の時代もそうでしょ。香水だけでなく、パフューム関連のものって、すっごくたくさん売ってるわよね！　花の香りのボディクリームとかアロマオイルとか、ぜひ使ってみたいものね。

あと、かわいい小さな生き物の話題も、いいわよね。子猫《こねこ》の投稿《とうこう》動画とか、大人気でしょ？

それに。なんといっても盛り上がるのは、ちょっとしたコイバナ！　恋にまつわる話よね！

「清少納言《せいしょうなごん》、ほかにときめくものは？」

そう聞かれたので、言ったの。

「そうですね。人を待つ夜でしょうか。今か今かと相手を待っているときって、落ち着いているつもりでも、雨や風の音でちょっと戸が鳴っただけでも、どきーんとしちゃって。そういう時間って、ときめきますわ」

なんて、答えたら、みんなぱあっと笑顔になって！

「本当にそうよね！」

「待っている時間って、楽しいものよね」

お話が盛り上がって、とても楽しい雰囲気《ふんいき》になったの！

定子《ていし》様も、とてもうれしそうに、聞いていらしたわ。

（こういう、みんなが「そうそう！　そういうのっていいわよね！」って思ってくれる話をしたら、いいんだわ！）

手ごたえを感じたわたしは、ようし！　って思ったの。

それからいろんなことをお話したわ。

「たいくつなときに、うれしいものって、どんなものでしょうか？　わたしは、物語です。夢中になれるので小説は大好きです。だれかが一緒《いっしょ》なら、囲碁《いご》やすごろくなどもいいですね。あと、子どものおしゃべりは、聞いていて飽《あ》きませんわ。三、四歳の子が一生懸命お話するのって、かわいくって。あとは、おいしいくだもの。それに……すてきな殿方《とのがた》が、ふいにたずねてきてくださることかしら」

みんな、途中《とちゅう》までうなずいていたけれど、最後のところで、わっと笑ったわ。

「上品で優雅《ゆうが》だ……と思うものはなんでしょうか。わたしは小さな女の子が、薄紫《うすむらさき》に白を合わせた衣装《いしょう》を着たすがたを見て、なんて品がいいのだろうと感心したことがありますわ。水晶《すいしょう》や藤の花も様子が優雅です。そうそう、削《けず》った氷に甘茶《あまちゃ》がかかったのが、金のうつわに盛られているのっ

こ、結局は甘《あま》いものが好きってこと?」

て、とても優美《ゆうび》だと思いませんか?」

「まあ、清少納言《せいしょうなごん》ったら。感心して聞いていたのに、みんなの笑い声がおさまるのを待って、こ

定子《ていし》様がおっしゃって、みんなまた笑ったわ。で、みんなの笑い声がおさまるのを待って、こう続けたの。

「そういう淡《あわ》い色合いのものも品がいいですけど、雪のかかった紅梅《こうばい》もとてもきれいですね! 透《す》けるような白と、紅《くれない》の組み合わせって、本当に美しいと思います。だから、幼《おさな》い子どもがぷっくりとした白いほおに、真っ赤ないちごをほおばる様も、実に優雅《ゆうが》で美しく思えます」

すると、みんなその様子を思い浮かべて、ほうっと息をもらしたの。

「おもしろいわね。清少納言。どうしたらそんなに次々と、すてきなことを思いつくの?」

定子様にもほめていただいて、先輩女房《せんぱいにょうぼう》たちも感心してくださったわ。

そしてだんだん、みんな、わたしの話を楽しみにしてくださるようになったの。

定子様の前では、ちょっと品がよくないかもって話でも、おおいに盛り上がるようになったわ。

「急いでしなきゃいけないことがあるときに限って、来る人っていますよね。そういうときほど、どうでもいい話を長々として、なかなか帰ってくれないの! あれっていやですよねえ」

女房だけでの、ざっくばらんな話題は、「これってすてきですよね」の反対バージョン。

「ほんとよね！　いらいらするわよね」

「どうでもいい人なら、さっさと帰ってもらうんだけど、身分の高い方だったらそういう訳にもいかないし」

みんなも、次々に言いたいことを言うの。

「それとかですね、会いたくない人が来たから、寝《ね》たふりをしてるのに、そういうときに限って気の利かない召使《めしつか》いが『まあ、寝すごしてらっしゃる』って起こしに来るの、ありません？」

「あるある！」

みんな身を乗り出してくる。

「そういうときに、さっと空気を読んでくれるような、いい召使いってなかなかいないわよねえ」

「で、しかたなくお相手したとして。身分の高い方だからって、上品とはいえない方もいらっしゃるでしょう？　お酒を飲んだりなさると特に」

「そうそう。大きい声でわめいたりねえ」

「赤い顔して、ぐらぐらになっちゃったりね」

「ほら、あの自分の口ひげをなでまわす方、あの方の手つきって気持ち悪くない？　こうやって、お酒を注ぎながら、口元をいじくって……」

「そうそう！　すっごくいやよねえ！」

いけないとは思いつつも、みんなやっぱりストレスがたまってるもんだから、仕事のぐちとか、不満とか、言い出したら止まらない！

こういう「あるある話」って、ついつい悪口やかげ口につながっちゃうんだけど、でも、ものすごく盛り上がるのよね……。

「あと、あれもいやじゃないですか？　ささいなことですけど、墨《すみ》をすっていたら、すずりに髪《かみ》が入っちゃってるの」

「ああ！　いやよね！　すずりの上で、あのズリッとした手触《てざわ》りがしたら、がっかりよね」

「すった墨の中から、入った髪をうまく取るのって大変ですしね。ささいなことといえば、眠《ねむ》くてたまらないのに、蚊《か》がぶーんって飛んでくる音が聞こえたときとか」

「それも、いや！」

「出入りするときに、戸を閉めない人！」

「それも、いやだわ！　って、清少納言《せいしょうなごん》、よくそんなにいやなことを思いつくわね！」

「すてきなことについてのお話よりも、こっちの話の方がいきいきしてるかもよ！」

みんなお腹を抱えて笑ってくれたわ。

「あと、こういうのはどうですか？　物音をたてる殿方《とのがた》」

「どういう意味？」

みんな、恋の話の気配に、目をキラキラさせて顔を寄せてくる。

「夜にせっかくこっそり会いに来てくれたはいいけど、あわてて烏帽子《えぼし》がすだれにひっかかっちゃって、ざらざらって音がたつのって、恥《は》ずかしいでしょ？　ほかの人に聞こえちゃうし」

「いやだあ！　でもわかる！」

「そういうところにデリカシーがない人って、冷めちゃうなって思うんですけど」

「まあ、清少納言《せいしょうなごん》たら！　言うわね！」

もう、宮中で働いている大人の女性なら、心当たりのある話だから、みんな大爆笑《だいばくしょう》。

はい、ここで、また説明します！

今の「烏帽子がすだれに」の話は宮廷の御殿《ごてん》やお部屋のことを説明しないと、おもしろさがわからないわよね。

宮廷の中には御殿がたくさんあり、正式な儀式《ぎしき》をおこなうのが紫宸殿《ししんでん》。天皇様のお住まいなのが清涼殿《せいりょうでん》というの。

お妃《きさき》は、たいてい一つ、御殿をいただいてくらすのだけれど、実家の権力が強いお妃は、清涼殿に近い御殿《ごてん》をいただけるの。

中宮であり、お父様の道隆《みちたか》様が関白でいらっしゃる定子《ていし》様は、清涼殿《せいりょうでん》にかなり近い、登華殿《とうかでん》にお住まいだったの。

だからわたしたち、定子様付きの女房《にょうぼう》は、登華殿と清涼殿を行き来したり、ときには定子様のご実家である二条のお屋敷《やしき》にお供《とも》したりしたのよ。

登華殿には、宮廷からの役目を持った男性が、よくおいでになったわ。……ときには、ひまつぶしとか……目当ての女房と話すのを楽しみに、局《つぼね》にお寄りになる男性のお客様もけっこういらしたわ。

わたしたちのいた局は細殿《ほそどの》と言って、御殿と御殿をつなぐ、渡りろうかのような場所。大きなお部屋の外側にあるから、しとみっていう板戸を開けたら、もうすぐ外なのよ。

そこにわたしたち、女房たちが、みんなで住んでいる訳。

びょうぶでしきって、プライベート空間を作れたりもするけど、広くないし、もう音なんてみんなに聞こえちゃうから、夜なんかすごく気をつかうのね。

「夜にしのんできた殿方《とのがた》の烏帽子《えぼし》が、すだれにひっかかった音が響《ひび》いて、まわりに恥《は》ずかしい」という話でみんなが大笑いしたのは、そういう環境《かんきょう》にみんな慣れてるから、「細殿あるある」だっ

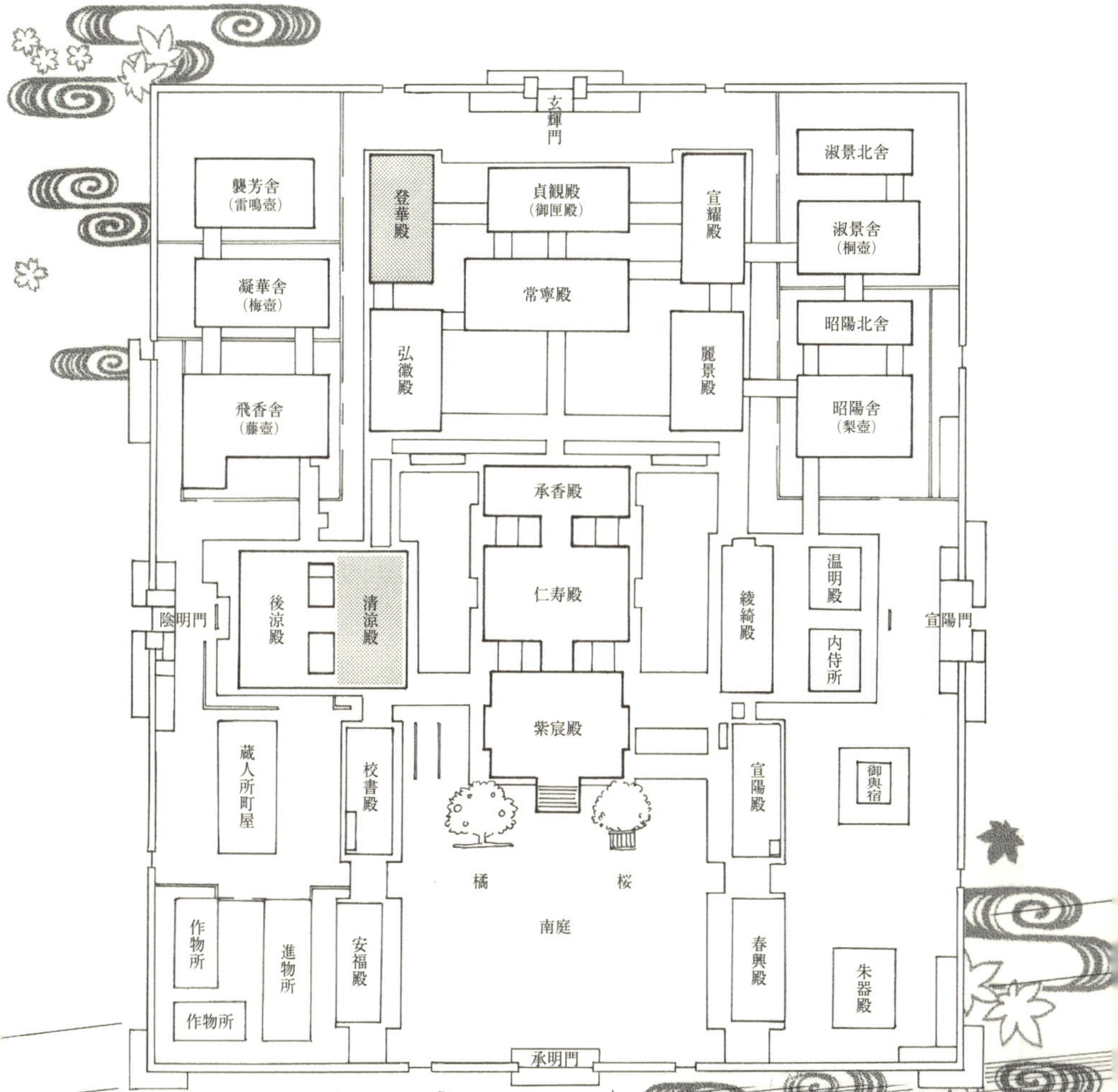

玄輝門
淑景北舎
襲芳舎
（雷鳴壺）
登華殿
貞観殿
（御匣殿）
宣耀殿
淑景舎
（桐壺）
凝華舎
（梅壺）
常寧殿
昭陽北舎
弘徽殿
麗景殿
飛香舎
（藤壺）
昭陽舎
（梨壺）
承香殿
後涼殿
清涼殿
仁寿殿
綾綺殿
温明殿
陰明門
宣陽門
内侍所
紫宸殿
蔵人所町屋
校書殿
宣陽殿
御輿宿
橘
桜
南庭
作物所
進物所
安福殿
春興殿
朱器殿
作物所
承明門

た訳。

自分に会いに来た殿方《とのがた》が音をたてないように気にしたり、だれかのところに来た方が、音をたててるのを聞いちゃったりなんて、いつものことなのね。

きゅうくつだし、プライバシーはないしで、大変といえば大変なんだけど、慣れてくれば、細《ほそ》殿《どの》って、かなりおもしろい場所だなあって思うようになったわ。

細殿で寝《ね》ていると、外を歩く殿方の足音がよく聞こえるの。

会いたい女房《にょうぼう》がいる殿方は、外からしとみを指でたたいて合図するんだけど、その音でもうだれがだれに会いに来たかわかってしまうのよ。

女房の方も、わざと、その合図に気がつかないふりをしたり。

なのに空気を読めないで、ドンドンたたいて、声を出して呼んだりするような人もいるの。そういうときは板戸ごしに応対して、掛《か》け金をはずしてやらない。

でも、おおぜいの殿方が、わざとこちらに聞こえるように、詩や歌を歌いながら通っていったときには、おもしろくて、呼ばれなくてもしとみを開けてあげたこともあったわ。

今の時代からしたら、夜の女子寮《りょう》に、いろんな男性がやってくるようなものだから、セキュリティが甘《あま》いってことになりそうね？

確かに、平安時代のお屋敷《やしき》は、鍵《かぎ》のしっかりかかる個室もないし、夏なんかしとみの上のとびらを開けっぱなしにして風を通したり、夜中でもそうやって、男性がたずねてくるんだから、「危ない」感じに思えるかな？

でも、みんな、基本的に夜は衣ずれの音もよく聞こえるぐらい、静かにしていたし、人の会話とか物音には、聞こえないふり、見ないふりをしていたわ。

ここからは入らないでくださいねっていうところには、けっして入らない。そういうマナーをみんなで守っていたのね。

その上でのことだから、小さな物音やひそひそ声などもおもしろく、優雅《ゆうが》に聞こえたのかもね。

さて、そんな春の日のことよ。

清涼殿《せいりょうでん》でのこと。

この日は、縁側の手すりの近くに、大きな青磁《せいじ》という、美しい水色のかめに、人の背《せ》ほどもある見事な桜が生けてあったの。

お昼近くに、伊周《これちか》様がいらっしゃったんだけど、そのときのお衣装《いしょう》ときたら。

やわらかい桜がさねの直衣《のうし》に、こい紫《むらさき》の模様《もよう》を織り出した指貫《さしぬき》、それに紅《くれない》のうちぎをのぞかせて、座《すわ》っていらっしゃる。

はい、またここでファッションについて説明するわね。

直衣《のうし》はカジュアルな上着で、ワイドなパンツが指貫《さしぬき》、うちぎというのは直衣の下に着る、すその長いシャツのようなもの。出うちぎと言って、わざと直衣の下からうちぎのすそを出して、直衣や指貫との間のさし色にしたりして、その配色を楽しんだの。

これが男性の定番「普段着《ふだんぎ》」。

男性は正式な行事などのときは、袍《ほう》と言ってフォーマルスーツのようなものを着るのだけれど、それって位によって、袍の色が決まっていたのね。

だからカジュアルな直衣すがたの方が、好きな色のものを選べて、おしゃれな着こなしができたの。

もちろん、おしゃれに気を配ったのは男性だけじゃないわ。

女性も十二単《じゅうにひとえ》……有名だから知ってる人もいるんじゃない？　下着と袴《はかま》の上に、着物を何枚も重ねて着る、とても豪華《ごうか》な衣装《いしょう》を着たの。

そして衣装の重なり合う色を「かさね」と言って、この彩《いろど》りを季節に合わせて工夫して、センスを競い合ったのよ。

フォーマルなときは、重ねて着た着物の上に、さらに豪華《ごうか》な丈《たけ》の短めの上着……唐衣《からぎぬ》を着て、裳《も》という長いプリーツの入った布を腰《こし》からつけて、そのすそを引きずるように後ろに流して完成。

……と、話がそれちゃったわね。

とにかくそのとき、伊周《これちか》様は、桜の季節にふさわしい、華《はな》やかな彩《いろど》りの装《よそお》いでいらっしゃって、それが手すりの外まで枝をのばした満開の桜にぴったりで、とても美しかったわ。

女房《にょうぼう》たちもそれぞれ春にふさわしいおしゃれをしていて、桜色の唐衣に藤色や山吹色を重ねた衣装《いしょう》が見えて、咲き乱れる花畑のようだった。

そこへ定子《ていし》様が几帳《きちょう》をどけさせ、明るい場所に出ていらっしゃったのが、お仕えするものがみんな、うっとりと見とれてしまうような、お美しいすがた。

なにもかも麗《うるわ》しく、のどかでうららかな春の日。

(ああ、すてきだわ。千年もこのままであってほしいわ)

そう思っていたら、天皇様までこちらにいらっしゃった。

天皇様と定子様が並《なら》んでいらっしゃるおすがたは、まばゆいばかり。ふわふわと気持ちが浮き立って、どこかに飛んでいってしまいそうだった。

そこへ定子様がおっしゃったの。

「すずりに墨《すみ》をすって」

「は、はい！」

お命じになった通りに、墨をするのだけれど、天皇様のいらっしゃるところでは緊張《きんちょう》して、墨をする手もうまく動かない。うっかりすると墨を落としそうだったわ。

やっと墨がすれたところで、定子《ていし》様は、白い紙を四角に折ったものを見せて、女房《にょうぼう》たちにおっしゃった。

「みなさん。これに覚えている古い歌をひとつずつ書いてみて」

定子様はこんなふうに、ときどき、みなで楽しむ「お遊び」を思いつかれるの。

（今日の「お遊び」はむずかしいわ！）

なんと言っても今日は天皇様がご一緒《いっしょ》だ。

（天皇様と定子様に喜んでいただける古歌なんて……）

ほかの女房たちも、困《こま》ったようにざわついている。

縁側の方を見ると、御簾《みす》ごしに伊周《これちか》様がいらっしゃるのが見えた。

「何を書きましたらいいのか、わかりませんわ。どうしましょう」

と言ったら、伊周様は、

「なんでも好きにお書きになったらいいですよ。こういう遊びに男が口出しするものではありませんからね」

と、笑いながらおっしゃったわ。

いつまでも悩《なや》むわたしに、

「あまりめんどうなことを考えずに、心に浮かんだ歌でいいのよ」

と、定子《ていし》様に言われてしまった。

ほかの女房《にょうぼう》たちが、すずりを引き寄せ、春や花の歌を先に書いているのを見て、ふと思い浮かんだ。

「年ふれば　齢《よわい》は老いぬ　しかあれど　花をし見れば　もの思いなし」

これは、『古今和歌集』にある。定子様のご先祖様である、藤原良房《ふじわらのよしふさ》様が、天皇の中宮になった娘《むすめ》の明子《あきらけいこ》様の前にかざった桜を見て、詠《よ》まれた歌だ。

自分は年をとって老いてしまったけれど、中宮である娘の明子様の花のように美しい様を見ると、今、とても満足で、幸せであるという意味の歌だ。

この歌は、桜の花をかざったこの部屋にいらっしゃる、天皇様と定子様にとてもふさわしい歌だと思った。しかし、このままだと、「ふつうすぎて」お遊びとしては定子様は、そう感心はしてくださらないだろう。

わたしは思い切って、その歌の「花」を「君」に書き直して、お二人の前にお出しした。

「君」に一文字変えただけで、歌の意味は変わる。

「年ふれば　齢《よわい》は老いぬ　しかあれど　君をし見れば　もの思いなし」

……君、つまり天皇様と定子《ていし》様のこと……年を取ってしまっても、わたしはお二人をおそばで見ていられたら、なんの心配事もなく、最高に幸せです……そういう意味になる。

それをごらんになった定子様は、

「そうよ、清少納言《せいしょうなごん》。こういう心くばりが見たかったのよ」

と、満足そうに微笑《ほほえ》まれた。

そして、ついでのようにおっしゃった。

「天皇のお父様……円融院《えんゆういん》様が、天皇でいらっしゃる時代に、清涼殿《せいりょうでん》のみなさまに『草子《そうし》に歌をひとつずつ書け』とお命じになったことがありました。みなさま、なかなかうまく書けず困《こま》っているところで、わたしのお父様は、思いつきました。

『汐《しお》の満《み》つ　いつもの浦の　いつもいつも　君をば深く　思ふはやわが』

この歌の『思ふ』を『頼《たの》む』に書きかえたのです」

（まあ、道隆《みちたか》様がそんなことを！）

元の歌は「潮《しお》の満ちるいつもの浦の名のように、いつもいつもあなたを愛しています」という意味の、恋の歌なの。

でも、「思ふ」を「頼《たの》む」に変えて、円融院《えんゆういん》様にお見せするということは、歌が「いつもいつもわたしは天皇様をたよりに、深く信じておりますよ」という意味になる。

わたしは、定子《ていし》様にほめていただきうれしかったけど、知らなかったとはいえ、道隆様と同じことをしてしまったのかと思ったら、恐《おそ》れおおくて冷や汗《あせ》が出たわ。

「それで、わたしの父は円融院様にとてもおほめいただいたとのことです」

そのあと定子様は、円融院様のお話から、全部で二十巻もある古今集の歌をひとつ残らずそらんじる勝負をなさったむかしの天皇様のお話をされたの。

天皇様は、古い時代の雅《みやび》なお話に大変感心なさって、

「わたしならとても、四巻、いや三巻も読み通す根気がないね」

と、おっしゃったわ。

女房《にょうぼう》たちも、口々に、

「むかしは、ゆったりとして、風流でしたわね」

「近頃《ちかごろ》は、そんなお話は聞くことはありませんものね」

と、優雅《ゆうが》なむかしをしのんで言い合ったの。

この本を読んでいるみなさんからしたら、平安時代はすっごい大《おお》むかしで、電話もメールもSNSもないし、思ったことを歌にして詠《よ》みあったりするなんて、とてものんびりしていて、風流だと思うかもしれないわね。

でもその時代は、天皇様と定子《ていし》様が中心のわたしたちのくらし……宮廷での毎日が最先端で、最も都会的だったのよ。

……このようなことを通して、わたしは、だんだん「定子様の望む心くばり」が、わかるようになってきて、自分の言動に自信もついてきたわ。

たとえば、こんなこともあったわ。

それはある、冬の日のこと。

その日は雪がたくさん降《ふ》り積もり、寒かったので格子窓《こうしまど》をおろしたまま、火鉢《ひばち》のまわりに女房《にょうぼう》同士で集まって、話をしていたの。

するとふいに定子様が、わたしに声をかけられたの。

「清少納言《せいしょうなごん》、香炉峰《こうろほう》の雪は、どんなふうかしらね？」

香炉峰《こうろほう》というのは、白居易《はくきょい》の漢詩に出てくる、中国の山の名前よ。

わたしは、すぐに定子《ていし》様のおっしゃりたいことがわかったの。

それで、格子窓《こうしまど》を開け、下がっていた御簾《みす》を巻き上げてさしあげたのよ。

そうしたら、窓の外の真っ白な雪景色が目に飛び込んできたわ。

すると、定子様はお笑いになったわ。

「『香炉峰の雪はすだれをかかげて見る』という、『白氏文集』の詩は知っているだろうと思ったけれど、すぐに御簾を上げるなんて、さすが清少納言《せいしょうなごん》ね」

それでほかの女房《にょうぼう》たちも感心して、

「なかなかあなたのようにはできないわ」

「定子様にお仕えする方は、こうでないといけないわね」

と口々にほめてくれたのよ。

……と、ほめられたことばかり並《なら》べると、自慢《じまん》好きの困《こま》ったおばさんって思われちゃいそうね。

でも、本当にあったことだからね！

で、定子様お気に入りの清少納言は、ずいぶんおもしろくて、気の利いた女房らしいってあちこちでうわさされるようになったの。

そうしたら、わたしに興味を持って話しかけに来たり、お手紙をくださる貴公子も現われてね。いいお友達になれた方もいたわ。

たとえば藤原行成《ふじわらのゆきなり》様。

この方は、書の名手で、天皇様も認《みと》める、大変な才人でいらっしゃったの。漢文のお話も楽しくできて、この方とはお話がつきなかったわ。

行成様って、わたしよりもお若いのだけれど、目立つのを好まない、物静かな方だったのね。だれにでも笑いかけたりしないし、浮かれたところのない方だったから、若い女房《にょうぼう》なんかには、おもしろみのない、気むずかしい人だ、なんて言われてしまったり。

それで定子《ていし》様に、「あの方は並《なみ》の人物ではありません。落ち着いた深い心を持った立派《りっぱ》な方です」と、申し上げたこともあったわ。

ほかにも、わたしの才能を認めて、はっきりとほめてくださる方や、おすがたを見ているだけで、どきどきするようなすてきな方もいらしたりね。

でもね、わたしの評判が高まり、「業界の有名人」っぽくなってくると、困《こま》ったことも起きたのよね……。

4．清《せい》少《しょう》納《な》言《ごん》、幸せな日々

「ねえ、清少納言。斉信《ただのぶ》様があなたのことを、悪く言ってらっしゃったけど、何かあったの？」

ある日、女房《にょうぼう》仲間にそう言われて、びっくりしてしまった。

「ええ？　何もないわよ！」

「じゃあ、やっぱりあのうわさのせいかしら……」

藤原《ふじわらの》斉信様。

この方は、才人の行成《ゆきなり》様に負けないぐらいの学識がおありになり、そのとき「頭《とう》の中将《ちゅうじょう》」という、天皇様のお言葉をみなに伝えたり、都を警備《けいび》するお役目をしておられ、高い位についておられたの。しかもおしゃれで美男子ときているから、女房たちにもファンが多い、人気者の貴公子でいらした。

わたしも斉信様のことは、本当にすてきな方だと思っていたわ。

ところが、ところがなの。

あるとき、どうしてだかわからないけれど、つまらないうわさが宮中に広まってしまったの。根も葉もない、わたしについての悪いうわさが、さも本当のことのように、みんなに伝わってしまったのよ。

え？　有名人にはそういううわさがたつものだって？　確かに今の世の中でも、顔や名前の知られている人ほど、本当かどうかもわからない悪いことを週刊誌に書かれたり、テレビでおもしろおかしく言われたりしてるみたいね。

「本当はそうじゃないんです」ってうわさを聞いた人全員に、話して回ることもできないし、また、言い訳すればするほど、

「清少納言《せいしょうなごん》のあの話、どうなのかしら？」

「まったく、何もないところに、煙《けむり》はたたないわよねえ。〇〇さんは、あんな言い訳ウソだと思うって、言ってたわよ……」

なんて感じで、さらにうわさが広がってしまう。

わたしのことをよく知っている者や、仲のいい女房《にょうぼう》たちは、そんなこと信じなかったけれど……。

「清少納言、やはりあのうわさを斉信《ただのぶ》様がすっかり信じておられるようよ。殿上人《てんじょうびと》（清涼殿《せいりょうでん》にあがることを許されている貴族のこと）の集まる中で、『すぐれた女性だと思っていたのに、がっか

りだ。なんで清少納言《せいしょうなごん》のことをあんなにほめていたんだろう』とおっしゃっていたんですって」

「そんな……」

(あの斉信《ただのぶ》様が、あんな、つまらないうわさを信じるなんて……)

わたしの方も、がっかりしてしまった。

「でも、広まっているのはありえないようないいかげんな話だから、斉信様が落ち着かれたら、そのうち、誤解《ごかい》も解けると思うわ」

なんて、言ってたけど。

そしたら斉信様……。

清涼殿《せいりょうでん》で、たまたますれちがったときに、なんとそでで顔をかくしてわたしの横を通り過ぎられたのよ！

わたしとは、口をききたくないかもしれないけど、そこまでする？

子どもっぽくない？　それ。

わたしは、ばかばかしくなってしまって、斉信様には会わないようにしたの。

そんなことがあってしばらくして……。

その日は、ひどい雨だったわ。

なんとなくゆううつで、たいくつな感じの日だった。

定子《ていし》様のお部屋に参上したら、もう定子様は寝室《しんしつ》に入られたとのことで、女房《にょうぼう》だけが、次の間に集まってなにやら話していた。

「清少納言《せいしょうなごん》、聞いた？　斉信《ただのぶ》様があなたと仲たがいして久しいけれど、だんだんさみしいお気持ちになられてきたそうよ。あなたにお手紙でも出してみようかって、おっしゃってたんですって」

「ええ？　すっかりきらわれてるんですもの。そんなこと、ないと思うわ」

その日は大雨の上に、「物忌《ものいみ》」と言って、それにあたる日は宮中から退出できないことになっていたの。

（家にも帰れないし、外出もできないから、たいくつしのぎにそんなことを言ってらっしゃったのね）

そうしたら、本当に使いの者が手紙を持って来たの。

「頭《とう》の中将《ちゅうじょう》様からのお手紙でございます。お返事をすぐにちょうだいしてくるようにとのおおせです」

使いの者がそんなことを言ったので、なんだろう？　と思ったわ。

（そんなに急ぐご用事が、わたしにあるはずもないことだし）

「あとで読みますので、帰っていただけますか？」

そう言って、使いの者に帰ってもらったんだけど、すぐにまたやってきてこう言ったの。

「すぐにお返事をいただけないなら、その手紙を取り返してこいとのおおせです」

（いったいなんの騒《さわ》ぎなんだか……）

それで手紙を開けてみると、青く美しい薄紙《うすがみ》に、きれいな字で書いてあることが、

「蘭省花時錦帳下」

と漢詩が一行。続いて「この続きはいかに、いかに」と書いてある。

（なんだろう。漢詩の試験のおつもりかしら？）

これは、白居易《はくきょい》の詩で、「蘭省《らんせい》の花の時の、錦帳《きんちょう》の下《もと》」と読むの。続きは「廬山《ろざん》の雨の夜、草庵《そうあん》の中《うち》」なんだけど……。

詩の意味は、「友だちは政治の中心にいて華《はな》やかな活躍《かつやく》をしているだろうが、わたしはさみしい廬山（かなりいなか）の小屋で、雨の夜をすごしています……」というもので、切ない感じのさみしい詩なのね。

ここで、続きの漢詩をそのまま書くのも、あじけないし、書いたら書いたで「女が得意げに漢字を書き散らかしているぞ」と、また悪口になりかねない。

（困《こま》ったわね……。定子《ていし》様がいらっしゃったら、相談するのだけれど）

考えている間にも、使いの者が、

「早くいただけませんか」

と返事をせきたてる。

（ようし。もう、しょうがないわ！）

わたしは、そばにあった消し炭を取りあげ、そのお手紙の漢詩の続きに、わざとごつごつした女らしくない字で、

「草の庵《いおり》をたれかたずねん」

と書いたの。

これは当代一の歌人、藤原公任《ふじわらのきんとう》様の作られた歌を借りたのよ。

この歌なら、白居易《はくきょい》の元の漢詩とほぼ同じ意味だから、続きを当然知っていて、わざと和歌で返したというのも伝わるし、たおやかな筆の文字でなく、炭でひっかいたようなごつごつした字で返すというのも、

「どうせわたしは、女らしくありませんよ」

と自分で言う、おちゃめな感じ。

「わたしのことはもうおきらいになったんでしょう？　わたしは草の庵《いおり》のような、だれもたずねてこない場所でさみしくくらしていますよ」

という、ちょっとすねてみせたような意味になるわ。

書いてすぐ、手紙を使いの者に渡したけれど、そのあとはなんの返事も来なかったわ。

（なんだったのかしらね……。まあいいわ。みんな寝《ね》ちゃったし、もう朝だし、わたしも下がらせていただこう）

そう思って、明るくなってから局《つぼね》におりて休んでいると、

「草の庵のお方はいらっしゃるか」

と、大きな声で言ってくる人が来た。

これって歌の中の言葉ならともかく、

「あばら家の人はここにいるか」

と、言ってるようなものなのね。

（やだ！　なんだろう！）

出てみると、声の主は源宣方《みなもとののぶかた》様だった。斉信《ただのぶ》様と仲の良い殿上人《てんじょうびと》よ。

「そんなみすぼらしい者はここにはおりませんよ。『御殿《ごてん》のお方』とでも聞かれたら、返事もしますけれどね」

めんどくさいなあって思いつつ、とにかくお相手したの。

そうしたら、ゆうべのことを教えてくださったの。

斉信様の宿直所《とのいどころ》（警備《けいび》や夜間のお役目などで、宮廷に泊《と》まるときのお部屋）に集まった殿方《とのがた》たちで、わたしのことを話題にしていたというのね。

「清少納言《せいしょうなごん》とは縁が切れたようになっていてね、向こうからも何も言ってこないんだよ。知らん顔されたままなのも、気になるし、今夜あたり清少納言がどの程度の者か、はっきりさせてやろうかな」

なんて斉信様がおっしゃって、それでみんなで話し合って、手紙を書いたというのよ！

（やっぱりわたしをお試しになったのね）

「頭《とう》の中将《ちゅうじょう》様は、あなたの手紙を読むなり、『よりによって公任《きんとう》様の歌を取ってくるとはしゃれたことをする。これはたいした歌どろぼうだ』と、とても感心して、おもしろがっておられてね。『これだから、清少納言のことは無視する訳にはいかないな』とおっしゃったよ」

「まあ、そうでしたか」

それを聞いて、わたしはほっとしたわ。それなら、必死で考えたかいがあるというものよ。

「実はみんなで、あなたの歌に上の句をつけて返してやろうと、一生懸命《けんめい》考えたんですが、だれもいいのを思いつかなくて、結局そのままになってしまいましたよ。みんな、こういう気の利いたすばらしい受け答えは、なかなかないことだから、後世に語り継《つ》がないといけないと、たいそうほめていました」

「それはうれしいことです」

きげんよく答えたら、今度はこんなことを言われたの。

「そういう訳で、今後みなで、あなたのことを『草の庵《いおり》』と呼ぶことにしましたよ」

これには、おどろいたわ！

それって「あばら家少納言《しょうなごん》」って呼ばれるってことだもの！

（そんなあだなは、いやだわ……。でも、この話がみんなの話題になって、悪いうわさが消えてしまったら、そのほうがいいかも……）

なんて思って日々をすごしていると、元夫の橘則光《たちばなののりみつ》に久しぶりに会ったのね。

則光は、そのとき修理《すり》の亮《すけ》という、天皇様のお住まいの修理やお庭を管理する役目をしていたの。

「こちらにまでいらっしゃるのは、珍《めずら》しいことね。何か特別な御用なの？」

「ちがうよ。きみに話したいことがあってね。実はね……」

則光《のりみつ》は、あの物忌《ものいみ》の日に、斉信《ただのぶ》様のところにいて、話を聞いていたというの！

「頭《とう》の中将《ちゅうじょう》様は、あの手紙を出すときに、もしきみがつまらない返事をよこしてくるようだったら、もう、清少納言《せいしょうなごん》のことなどこれきり忘《わす》れると言っておられて、たいしたいきごみだったんだ。どうなることかと心配でひやひやしたよ。そこへきみが、あんないい返事を書いてきたから、わたしまでほめられてね。きみの名誉《めいよ》も回復したし、本当にほっとしたよ」

則光は、うれしそうにそう言ってくれた。

わたしと則光は、離婚《りこん》はしたものの、そう仲も悪くなく、お互《たが》いを「兄」「妹」と呼び合っていたのね。

この一件で、則光は「清少納言の兄」ということで、注目されてしまい、役職名でなく、みんなに「兄」と呼ばれるようになってしまったと、照れくさそうに教えてくれたわ。

（そうね、本当に。則光とは、今となっては本当の兄と妹のようなつながりかも……）

斉信様とは、その後、また元のように楽しくお話しできるようになって、それに則光とも良い関係になれて、良かったんだけど、この話には続きがあってね。

しばらくして、定子《ていし》様に、言われたの。

「あなたの『草の庵《いおり》』の句のことは、清涼殿《せいりょうでん》のみながあまりにうわさするので、天皇も笑ってらっしゃいましたよ」

（ええっ？　天皇様のお耳にまで……）

「みな大変おもしろがって、殿上人《てんじょうびと》の間では、扇《おうぎ》に『草の庵』の句を書いて持つのが流行っているそうよ」

わたしは、青ざめてしまった。

そうやって、おもしろいお話になったから、良かったけれど、もししくじっていたら、定子様の女房《にょうぼう》は、たいしたことのない者だったと、もっと悪いうわさにつながっていたかもしれない。

そして、

「そんなつまらない女房を大事にしてらっしゃるとは、定子様も見る目のない方だな」

と、定子様まで悪く言われていたかもしれない。

つくづく、宮中のくらしは、気の張るもので、また女房は責任の重い仕事だと思ったわ。

（定子様にふさわしい女房になるように、もっといろんなことに気を配って、それから勉強もして、がんばっていこう……)

改めてそう思ったわ。

本当に定子《ていし》様、そして定子様のご一家の華《はな》やかさは、まぶしいほどだった。

特にあのころ、定子様の妹様の原子《げんし》様が東宮妃《とうぐうひ》……一条天皇様の次に天皇になられる居貞親王《おきさだしんのう》様のお妃《きさき》……におなりになったあのころは、何もかもおめでたいことばかりだった。

お正月十日に入内《じゅだい》され、淑景舎《しげいさ》にお住まいになり(それで淑景舎の君と呼ばれるようになった)、何度もお姉様の定子様にお手紙をおよこしになっていたけれど、二月になって、定子様のところに、お出ましになるということになった。

定子様は、朝早くからおしたくをされた。

女房《にょうぼう》みんなも、定子様のご一家がそろわれるということで、とても緊張《きんちょう》もしたし、あれこれ心をこめてお部屋を整えお待ちしたわ。

定子様の、髪《かみ》をお上げしているとき、

「清少納言《せいしょうなごん》は淑景舎の君を見たことはあるかしら?」

とおっしゃった。

「後ろからおすがたをちょっとだけ……」

と答えると、

「じゃあ、柱とびょうぶのそばで、わたしの後ろからそっと見るといいわ。とてもおきれいな方なの」

と、言ってくださったので、うれしかった！

定子《ていし》様は、お衣装《いしょう》のかさねのお色を気にしていらっしゃったけれど、三枚の紅《くれない》のお着物の上に、紅梅《こうばい》の綾織《あやお》りのお衣装を重ねていらっしゃる様は、とてもお顔によく似合っていらして、美しい。

やがてお父様の道隆《みちたか》様、お母様の貴子《きし》様、そして淑景舎《しげいさ》の君がお部屋にそろわれた。

(お妹様の淑景舎の君も、やはりお美しいのかしら)

わくわくしながら、びょうぶに寄りそうように、そっとのぞいた。

「清少納言《せいしょうなごん》、そんなことして、だいじょうぶなの？」

と、女房《にょうぼう》のだれかがわたしをたしなめたが、わたしは定子様のお許しもいただいているし、なんとかご一家の様子を見たくて、がまんできなかったわ。

淑景舎の君は、紅《あか》いうちぎにこい紫《むらさき》の上着、それに萌黄《もえぎ》色の紋《もん》を打ち出した、いかにもかわいらしく若々しい唐衣《からぎぬ》をお召《め》しになり、絵に描《か》いたようにお美しかった！

定子《ていし》様は、お妹様に比べると、大人びてすっかり落ち着いたご様子で、紅《くれない》のお衣装《いしょう》に照りはえるお美しさは、たとえようもなかったわ。

お母様の貴子《きし》様は、紅のうちぎに白い上着を重ね、道隆《みちたか》様は薄《うす》い紫《むらさき》の直衣《のうし》に、萌黄《もえぎ》の指貫《さしぬき》をお召《め》しになり、ゆったりと座《すわ》って、いかにもご満足そうにしていらっしゃった。

そのうちお食事の時間になり、お給仕役がやってきて、お膳《ぜん》を運ぶためにびょうぶをしまわれてしまった。

わたしは、かくれみのにしていたびょうぶがなくなってしまったので、しかたなく、御簾《みす》の後ろにかくれたのだけれど、衣のすそが御簾のすきまから押し出されていたのを、道隆様に見つけられてしまった。

「だれかな？　御簾の向こうにいるのは。もしかしてこちらをのぞき見しているのかな？」

道隆様が、おもしろそうにおっしゃる。

すると定子様が、

「ええ、清少納言《せいしょうなごん》が見たがり屋さんでいるようですわね」

と、笑いながらお答えになった。

「おや、そうか。清少納言はむかしからのなじみでね。きっと、道隆はなんてみっともない娘《むすめ》を持っているのだろうと思ってながめているんだね」

と、さっそく冗談《じょうだん》をおっしゃった。

(定子《ていし》様と淑景舎《しげいさ》の君が、みっともなかったら、この世に美しいものはひとつもないってことになるわ)

などと思っていたら、定子様のお兄様の伊周《これちか》様がご長男の松君を連れていらっしゃり、弟君、隆《たか》家《いえ》様も見えられた。

「さあ、松君、じいじのところにおいで」

道隆《みちたか》様は幼《おさな》い松君を、待ちかねたように抱《だ》き上げられた。

松君のかわいらしさに、道隆様も、そこにいる者みなも、ついつい微笑《ほほえ》んでしまう。

そこへ道隆様の六男でいらっしゃる周頼《ちかより》様が見えられた。

東宮《とうぐう》様から淑景舎の君へのお手紙を、あずかってお使いに来られたのだった。

お手紙をごらんになったお母様や道隆様、定子様みなで、

「早くお返事をお書きなさい」

と、おっしゃったのが、恥《は》ずかしくていらっしゃったのか、淑景舎の君はなかなかお書きにならない。

「この父が見ているので、お書きにならないのでしょう。いつもはしょっちゅう東宮《とうぐう》様にお手紙をさしあげているとお聞きしてますよ」

と、道隆《みちたか》様がからかわれるのに、顔を赤くして微笑《ほほえ》まれるご様子が、なんともかわいらしい！

道隆様は、うれしそうにみなさまの様子をごらんになっていらしたけれど、ふと松君を見て、しみじみとおっしゃった。

「松君は、中宮様のお子だと言ってもおかしくないぐらいだね」

どうやら、定子《ていし》様にお子ができないことを、気にしていらっしゃるご様子。

お美しい定子様、原子《げんし》様がそろって天皇様と東宮様のお妃《きさき》となられ、伊周《これちか》様はじめご子息たちも、高い位についている道隆様。

ご自身も貴族最高の位でいらっしゃり、さぞご満足で、なんの心配もない毎日でいらっしゃると思っていたのだけれど……、なるほどそれは、わたしもそう思ったわ。

だって天皇様と定子様は本当に仲むつまじくいらっしゃる。

定子様が、仏事などの行事で、宮中から離《はな》れたりすると、天皇様は毎日お手紙を届《とど》けてくださるし、ほかにもお妃がいらっしゃっても、まちがいなく天皇様は、定子様のことが一番好きで、大事になさっておられた。

いつ、お子ができてもおかしくない。

（これで、定子《ていし》様にお子がおできになったら、またいっそう、おめでたいわね）

その日は、お付きの殿上人《てんじょうびと》もたくさん集まって、華《はな》やかな宴《うたげ》がもよおされた。

そして夜になり、天皇様から定子様に、参内《さんだい》するようにとのお召《め》しがあった。

淑景舎《しげいさ》の君にも、東宮《とうぐう》様から使者が来て、お迎《むか》えの女房《にょうぼう》まで現われた。

「さあ、さあ、お二人とも早くなさいませ」

道隆《みちたか》様が急《せ》かすのだけれど、お二人ともおっとりとかまえて、

「では淑景舎の君をお送りしてからね」

「まあ、わたしが先になどどうしてまいれましょうか」

「いえ、お見送りをいたしますよ」

「そんな訳には……」

などと、先をゆずりあってなかなか行こうとされない。

「では遠い方の者から先に……」

と、ようやく淑景舎の君が立ち上がられ、定子様も参内されることになった。

道隆様が、いかにもほっとしたご様子で腰《こし》をあげられたのが、おかしかったわ。

道隆《みちたか》様は、その後も上機嫌《じょうきげん》でいらっしゃって、冗談《じょうだん》ばかりずっとおっしゃるので、お付きの者はみんな、笑いっぱなしだった。

あの日……世の中にこんなにも華《はな》やかで、幸せなご一家があるだろうかと思ったわ。

道隆様はまさに、この世の頂上にいらっしゃった。

そして道隆様という、力強い太陽の光を浴び、ご一家はぞんぶんにこの世の幸せを身に受け、美しく麗《うるわ》しく、おだやかでいらっしゃった。

……道隆様には、道長《みちなが》様という弟君がいらしたの。

わたしは道隆様ご一家も大好きだったけど、落ち着いていて、飛び抜けておしゃれでいらっしゃる道長様のことも、このころ特にあこがれの目で見ていたわ。

清涼殿《せいりょうでん》から退出される道隆様を、おおぜいでお見送りをしていたときに、さっと道長様がひざまずいてごあいさつなさるのを、見たことがあるの。

家来でもないのに、弟君をひざまずかせる道隆様の威厳《いげん》もすごい！　と思ったけれど、自然にそうやって道隆様に尊敬《そんけい》の気持ちを表す道長様もすばらしいと思ったわ。

わたしがそのことを何度も話すので、

「ほら清少納言《せいしょうなごん》の道長様びいきが始まった！」

と、女房《にょうぼう》仲間にからかわれるぐらいだったの。

今思えば、そのころ、わたしも道隆《みちたか》様という、高い地位と権力を持っておられる方の大きな屋根の下で、多くの幸せをいただいていたのね。

そしてこの幸せが……心から尊敬《そんけい》し、おすがたを見ているだけでうっとりとしてしまう美しい定子《ていし》様にお仕えして、定子様に大事にしていただき、すてきな殿方《とのがた》に心ときめかせたり、楽しいやりとりをしたり、おしゃれやお化粧《けしょう》に工夫したり、女房仲間とおしゃべりしたり……そういう日々がまだまだ続くものだと、思い込んでいたの。

いずれは、自分が年をとってお役にたたなくなる日が来るかもとは思っていたけれど、まさかあんなことが……。

今まであたりまえのようにすごしていた日々にかげがさし、みるみるうちに何もかもがくずれ落ちていくなんて、だれが思っていたかしら?

あのころ、だれもそんなことを、予想したものはいなかったと思うわ。

道隆様が亡《な》くなられたのは四月。

淑景舎《しげいさ》の君と共に、定子様のところにいらした、あの日から二か月ほどしかたっていなかったの。

5．清《せい》少《しょう》納《な》言《ごん》、日没と『枕《まくらの》草《そう》子《し》』

藤原《ふじわらの》道隆《みちたか》様が亡《な》くなられた。

そのとき四十三歳で、だれもがまだまだ、関白として政治の中心にいらっしゃるものと思っていたわ。

あまりにも、あっけない終わり……病気で亡くなられたのは四月のことだったわ。

定子《ていし》様はとても悲しまれたし、わたしたち女房《にょうぼう》も、あの明るく冗談《じょうだん》好きな道隆様がもういらっしゃらないなんて、太陽が沈《しず》んだようだと言い合った。

でも、わたしたちは、道隆様をしのんで、悲しんではいたけれど、定子様のお立場はゆるぎのないものだと、まだ思っていたの。

次の関白になられたのは道隆様のすぐ下の弟君、道兼《みちかね》様ではあったけれど、息子の伊周《これちか》様は、当時ありえないほどの早いご出世で、二十二歳にして内大臣という高い位につかれていたの。

それに天皇様は漢詩の名手である伊周様の才能に、とても感心していらっしゃったし、友だちのように親しくしていらした。

道隆《みちたか》様は、関白の位を伊周《これちか》様にと強く望んでいらした。天皇様に信頼もあつい伊周様は、いずれ必ず関白になられる。そして定子《ていし》様にお子ができれば、定子様のお立場は、ますますご安泰《あんたい》……。

そう思っていたの。

ところが、思わぬことが起きてしまったのよ。

都に、ひどい疫病《えきびょう》が流行ったの！

そのため、多くの方が亡《な》くなったわ。

道兼《みちかね》様までもが、関白になられて半月もたたないうちに亡くなられてしまったの！

そして、道隆様のほかの弟君や、有力な貴族の方々も、次々に亡くなられて……。

関白にふさわしい方が、伊周様と、定子様や伊周様の叔父《おじ》にあたる道長《みちなが》様、このお二人だけになってしまったの。

道隆様が、あと十年生きていてくださったら……。もしくは道兼様がもう少し長生きして関白の座《ざ》を守っていてくださったら、定子様の運命は変わっていたかもしれない。

急にあいてしまった関白の座をめぐって、宮中は二つに分かれてしまったの。

道隆様のご遺志《いし》の通りに、伊周様を関白にするべきだという人。

いや、伊周《これちか》様は若すぎる。それよりは、安心してお任せできる道長《みちなが》様の方がよいという人。

そうなってみてわかったのだけれど、伊周様が関白になるのに反対する人が、多かったのよ。

実は、伊周様はじめ、道隆《みちたか》様のご子息たちの早すぎる出世を、前から快く思っていない人が多かったのね。息子だからって、どんどん高い地位をあたえていくのは、身内びいきがひどいんじゃないかって、反発されていた方が多かったようなの。

でも、道隆様の強い権力に逆らえなくて、みなさん、おおっぴらには言えなかっただけだったのね。

さらに、話をむずかしくしたのが、天皇様のお母様、詮子《せんし》様のご意見。

実は詮子様は、道隆様、道兼《みちかね》様、道長様のお姉様なの。

そして詮子様は、天皇様が定子《ていし》様ご一家と仲が良すぎることが、前から気に食わなかったらしいの。

伊周様が関白になったら、ますます定子様と、そのご兄弟が天皇様と仲良くなり、政治の場でも力を持つことになる。

道隆様も道兼様も弟ではあるけれど、詮子様は、弟の中では道長様のことを一番かわいがっていらっしゃったし、親しくおつきあいもされていたの。

そのため、「道長を関白にするべきです！」と、詮子様自ら、天皇様にご意見されたのね。

天皇様はずいぶん、お考えになったわ。

天皇様は、考え深い方でした。

自然なお気持ちにしたがうのだったら、伊周《これちか》様を関白にしたかったのではないかと思うわ。

親しくしてきた伊周様が関白になってくださったら、いろんな意見や気持ちを話しやすかっただろうし、愛する定子《ていし》様の安泰《あんたい》にもつながるもの。

だけど、天皇様ご自身が、まだお若かった。定子様よりも三歳年下で、このときまだ十六歳でいらしたのよ。

まわりの大人たちの意見を無視することもできなかったし、詮子《せんし》様もけっして引かなかったとお聞きしているわ。

「伊周は、政治の経験も浅く、貴族も反発している者が多いんですよ。伊周が関白になったら、国が荒《あ》れてしまいます」

とうとう、天皇様は道長《みちなが》様を選ぶ決心をされたの。

そして道長様は、臣下で最も高い地位につき、こののち、藤原《ふじわら》氏一族をすべて統率するようになられたわ。

道隆《みちたか》様という太陽が沈《しず》んだあとに、空の中央に昇られたのは、道長《みちなが》様とそのご一家となったの。

……でも。問題はここからなの。

伊周《これちか》様が、かつて道長様が道隆様に尊敬《そんけい》の意を表したように、伊周様も道長様を助けるようにつとめられたら、まだ、よかった。

道隆様のあとを伊周様が継《つ》ぐのが正当だと言う方々もまだいらしたし、まじめにお役目をつとめてさえいたら、それなりに高い地位を保てたかもしれない。

でも伊周様は、今まで最高権力者の父に守られ、その力でどんどん出世をしてこられた方。ご自分に自信もあったし、一度も、だれかに負けたことがない方でもあったの。

かなり年長の道兼《みちかね》様ならともかく、叔父《おじ》と言っても年も近い、いずれ自分の方が上に立つと思っていた道長様に追い越《こ》されることは、耐《た》えられないご様子だったわ。

伊周様は、道長様を助けるどころか、会議の席で口論になり、もう少しでつかみあいのケンカになるところだったというし……したがう態度をお見せにならなかった。

伊周様のプライドは深く傷《きず》つき、道隆様の遺志《いし》を守ってくれなかった天皇様や、ほかの貴族の方々にも、裏切られたようなお気持ちだったんじゃないかと思うわ。

そういう主人の気持ちは、それぞれに仕える者にも伝わるのね。

伊周《これちか》様の弟君、隆家《たかいえ》様の従者《じゅうしゃ》と、道長《みちなが》様の従者とが七条大路で弓矢を使うような争いになったの。

死人も出るような騒《さわ》ぎに、なんとか伊周様に落ち着いてもらいたいと思っていた天皇様も、さすがに公平な処分をくださないといけなくなった。

隆家様は下手人をかくまったことで参内《さんだい》禁止を言い渡されて、伊周様も隆家様も、また不満がたまり、ますます気持ちが荒《あ》れていったのよ……。

なんとなく、いやな空気がただようまま、その年が明けたわ。

そしてあの事件が起きたの。

一月十六日のことだった。

当時、伊周様には恋人がいらっしゃったの。

藤原為光《ふじわらのためみつ》様の三女で、とても美しいと評判の姫《ひめ》様。夜になると、その方のところに通われていたの。

ところが、姫様のお屋敷《やしき》に、別の殿方《とのがた》が通ってらっしゃるのに、気がついたの。

その方は、花山上皇《かざんじょうこう》様。上皇というのは、前に天皇でいらした方をそうお呼びするの。

花山上皇様は、一条天皇様のいとこにあたられるお方。

花山上皇《かざんじょうこう》様は、天皇でいらしたときから、恋に情熱的な方だったの。もともと、花山上皇様が天皇でいらっしゃったときに、藤原為光《ふじわらのためみつ》様の長女でいらっしゃる方を熱愛されていたのだけれど、その姫《ひめ》様は亡《な》くなられてしまったのよ。

花山上皇様は、亡くなられた恋人の面影《おもかげ》をもとめて、美しいと評判の、その妹の姫に求愛なさっているにちがいない。

伊周《これちか》様はそう思われた。それは正しかったのだけれど、一つ大きなかんちがいがあったの。花山上皇様のお目当ては、伊周様の恋人の姫君ではなく、その下の妹……為光様の四女の姫様だったのよ。

だけど、伊周様はそう思いこまれてしまった。そしてそのお怒《いか》りを、隆家《たかいえ》様に吐《は》き出された。隆家様は、そのときまだ十八歳で、もともと血気盛んなお方。

お二人とも、天皇様への不満がくすぶっていて、爆発《ばくはつ》寸前だったのかもしれないわ。

そうでなければ、あんな軽率なことをされたのが、今でも信じられない。

「兄さん、わたしに任せてください。しかえしをしてやらないと気がすみません」

隆家様はそうおっしゃって、腕《うで》の立つ従者《じゅうしゃ》を連れて、月の明るい夜に姫君の屋敷《やしき》に向かい、現われた花山上皇様を襲《おそ》い、矢を撃たれたのよ。

もっとも、いくら血気盛んな隆家《たかいえ》様でも、本気で花山上皇《かざんじょうこう》様の命を狙《ねら》った訳じゃなく、ちょっと脅《おど》かしてやろうと思って、牛車に矢を放ったということだったわ。ところがそれがたまたま、花山上皇様の衣のおそでを貫《つらぬ》いたものだから、上皇様は震《ふる》えあがってしまった。

このことは、大変な問題になったわ。

なんと言っても、上皇様を傷《きず》つけようとしたということは、かくしようもない事実だし、天皇様はそれを見逃《みのが》すこともできない。

天皇様は、伊周《これちか》様、隆家様を正式な裁《さば》きにかけ、罪をつぐなわせる決心をなさった。

定子《ていし》様は、それでお部屋を出られ、内裏《だいり》のはずれの部屋に移られ、身を慎《つつし》まれることとなったの。

それでもわたしたち女房《にょうぼう》は、できるだけいつものように、おもしろいことを言ったり、物語の登場人物について、どう思うかとか、わいわいとたわいもない話を笑ってしていたわ。

それが定子様のためになると信じていたから。

みんな、この先、どうなってしまうのだろうという不安でいっぱいだったけれど、本当におつらいのは定子様。その定子様が、いつもと同じように、りんとしていらっしゃるのだから、暗い顔をしないように心掛《こころが》けたのよ。

定子《ていし》様は三月になってすぐ、宮廷を出て、二条のご実家に移られたわ。

このとき、お供《とも》するはずだった役人たちはみな、来なかった。

二条の屋敷《やしき》でも、いつも定子様をお迎《むか》えするときにおこなう「歓迎《かんげい》の宴《うたげ》」もなかった。

雨の中、とてもさみしい、お里下がりになったわ。

しかも定子様のお腹には、赤ちゃんがいたの。

待ち望んでいたお二人のお子なのに、こんな、あまりにもおつらいときに。

でも、裁《さば》きの結果はまだ出ていなかったし、このお子が、天皇様と定子様をつなぐ糸になると思いたかったわ。

ところが、まだまだ悪いことは続いたの。

三月の末になって、天皇様のお母様、詮子《せんし》様の病が悪化して、命もあやういところまでになってしまった。

そうしたら、詮子様の病が急に悪くなったのは、何者かののろいではないかといううわさがたち、詮子様のお屋敷の床下《ゆかした》を掘《ほ》り返したら、のろいの道具が埋まっていたというの。

詮子様が伊周様をしりぞけて、道長《みちなが》様を関白にするようにと、天皇様に強く意見されたのは、宮中のみなが知っているところだったから、のろったのは伊周様《これちか》にちがいないとみんなが言いだした。

四月になったら、今度は伊周様が、特別なお寺と宮中でしか、してはいけないとされる密教の秘法……「逆臣をしりぞけ、国の力が増す」という法をおこなったという告発がお寺からあったの。

どうしてそんなことを、伊周様がなさったのか……。

道長様を「逆臣」に見立てて、道長様の失脚《しっきゃく》を望まれて、してしまったのか。

だれかにさしずしてさせたのか。

それとも、まったくの濡《ぬ》れ衣なのか。

のろいのことも、秘法のことも、今となっても本当のことは、よくわからないわ。

そして、四月二十四日。裁《さば》きはくだされたの。

花山上皇《かざんじょうこう》様に矢を放ったことを含《ふく》め、皇族への数々の無礼は、とても許されるものではなかった。

伊周様と隆家《たかいえ》様は流罪。都を遠く離《はな》れて、位も降格《こうかく》。

伊周様は大宰府《だざいふ》（福岡県）、隆家様は出雲《いずも》（島根県）に行き、監視《かんし》された生活を送らなければならなくなったの。

伊周《これちか》様と隆家《たかいえ》様は、裁《さば》きの結果が納得《なっとく》できず、逃《に》げてしまわれたわ。

お二人はさがしてもなかなか見つからず、どうやら、ご実家の二条のお屋敷《やしき》に逃げ込んだのではということになったわ。

そうしたら天皇様は検非違使《けびいし》……警察官《けいさつかん》のような役割ね……に二条のお屋敷をすみずみまで調べて、二人を見つけ、逮捕《たいほ》するようにとお命じになった。

二条の広大なお屋敷に、どかどかとようしゃなく検非違使があがりこんだ。

かくれている二人を見つけ出すためとはいえ、定子《ていし》様の寝室《しんしつ》の壁《かべ》までうち壊《こわ》すような乱暴なやり方で、女房《にょうぼう》たちは泣き、牛車の中におかくれになっていた定子様にも無残に屋敷が壊される音が聞こえていたというわ。

お母様の貴子《きし》様は、気丈にも、お屋敷の中にとどまられたのだというけれど、お二人ともどれほどおつらかったことかと思うわ。

かくれていた隆家様はつかまり、おおぜいの見物人の間を、ひったてられていった。

伊周様も、ほどなくすがたを現わして、つかまったわ……。

天皇様は、定子様のお気持ちを考えたら、伊周様や隆家様にここまで厳《きび》しい決定をしたくはなかったことでしょう。

しかし、「天皇家に盾《たて》つく」ことは当時の大罪。伊周《これちか》様、隆家《たかいえ》様の罪を軽くしたら、それこそ、天皇家の威信《いしん》がくずれ、国が乱れるようなことになるかもしれない。

臣下の者にも示しがつかなくなる。

天皇様は、どんなに定子《ていし》様を愛していらしても、好きな人のためだけに人生を捧《ささ》げる生き方はできなかった。天皇というお立場は、国を定めることを第一としなければいけないことと、思っていらした。

一方、定子様も天皇様をとても愛しておられた。

だから、天皇様のお立場を、よく理解しておられたし、同時にご自身のお立場も自覚しておられたと思うわ。

それで……あんなことをなさったのよ、きっと。

定子様はとつぜん髪《かみ》を切り、出家されたの。

出家というのは、仏門に入ること。女性は尼《あま》になるということ。

体はこの世にあるけれど、魂《たましい》はみ仏のもとに行くということ。

この世の地位や財産とは無縁となるということ。

女性として、天皇様の妃としての幸せも、断ち切るということ。

「定子《ていし》様は絶望のあまり、この世のご自分を消し去ってしまいたくて、出家されたのだ」

と言う人がいた。

確かに、あのときの定子様は、そう思われてもおかしくないほど、追いつめられた状態だった。

今の世の中って、何も先に希望が持てない人が、自殺することがあるわよね。

平安時代の都では、自殺するという考え方がなかった。

出家が、この世の自分を殺すという、心の自殺のようなものでもあったわ。

でも、わたしは、思うの。定子様は、何もかもいやになって出家されたのではなく、ご兄弟の罪を死んだ気持ちでお詫《わ》びいたしますというお気持ちを、世の中に伝えたかったのではないかしら。

そして、ご自身が出家されることで、少しでも伊周《これちか》様や隆家《たかいえ》様の罪が軽くなるようにという、願いがあったのではなかったのかと思う。

実際、定子様が髪《かみ》を切ってしまわれたことがわかると、伊周様は播磨（兵庫県南部）に、隆家様は但馬《たじま》（兵庫県北部）にとどまってよいということになったの。

許された訳ではないけれど、大宰府《だざいふ》や出雲《いずも》よりは、まだ京の都に近いわ。

いずれにせよ、天皇様も、定子《ていし》様も……。

ご自身の幸せだけをまっすぐに追えないお立場とはいえ……。あまりにも壮絶《そうぜつ》なご決心であったと思うわ……。

その後も、まだよくないことは続いたの。

二条のお屋敷《やしき》が火事で焼けてしまったの。

また、その後。お母様の貴子《きし》様が、ご心労が続きすぎたせいか、もうすぐ生まれる赤ちゃんのことを心配しながら、十月に亡《な》くなられてしまった。

いったいなぜ、定子様のようなすばらしい方に、こんなに不幸な出来事が続くのか、もうわからなかった。

たった一つ明るいできごとは、十二月に無事に赤ちゃんが生まれたこと。

とても愛らしい皇女様で、脩子《ながこ》様と名付けられた。

焼けてしまった二条のお屋敷から出て、伯父《おじ》様の家に移られた中でのことで、予定よりもかなり遅《おそ》いご出産であったけれど、脩子様はおすこやかであったということが、うれしかった。

皇女様をいつ、天皇様にお目にかけられるのか、まだはっきりしないという不安があったけれどね……。

定子《ていし》様にそのような、おつらいことが続いているさなか。皇女様が生まれる前の、まだ定子様が身重だったころ。

実はわたしは、わたしで、つらい立場になっていたの。

定子様のお立場の苦しさとはとても比べられないけれど……。

でもそのことが『枕草子《まくらのそうし》』の中身にかかわってくるので、ここからはわたしの話をするわね。

女房《にょうぼう》たちは、定子様が宮中から出られたことで、どんどん不安をつのらせていたの。

道長《みちなが》様が関白になられてからは、貴族はみな、道長様のごきげんを取るようになったわ。

道隆《みちたか》様にしていたように、様子をうかがい、なんとか気に入っていただこうと必死で取りいろうとしたり。

わたしたち定子様の女房は、宮中にだんだん居辛《づら》い空気になっていた。

定子様がいてくださっての、あの楽しく華《はな》やかな空気だった。

そこにわたしたちの勤《つと》めるところがあった。

ひょっとして定子様は二度と、宮中に戻《もど》れないのではないだろうか？

みんなの、不安やいらいらは、ある日、ひょいっとわたしの方に向けられた。

「清少納言《せいしょうなごん》、あなたのところに斉信様《ただのぶ》がたずねてこられたそうね。いったいなんのお話をされているのかしら？」

「斉信様は、ただ、いつものようになんということもないお話を……」

「あなた、道長様《みちなが》のことをずいぶんお好きだったわね。斉信様も今は道長様の側の人よ。ひょっとしたら、何かこちらのことを、斉信様を通して、道長様の方に教えているんじゃないの？」

「そうよ。道長様、道長様って、やたらに言ってたものね。前から、そちらのお味方だったのかしら？」

みんな定子様《ていし》を慕《した》っていた。道隆様《みちたか》のご一家のことが好きだった。

それだけに、道隆様ご一家に続く不幸は、みんな道長様のせいだと、女房《にょうぼう》たちは、だんだん道長様を恨《うら》む気持ちになっていたの。

それが、とうとう噴《ふ》き出したみたいだった！

「そんなばかな……」

わたしがいくら言っても、みなの怒《いか》りは収まらなかった。

それから、だれもわたしと話してくれなくなった。

わたしは、むなしくなった。

こんなひどいことを言われて、しかも官中には定子様はいらっしゃらない。

何のためにお勤《つと》めしているんだろう？

何を目標にがんばっていけばいいの？

一度そう思うと、虫食い葉のように、むなしさは心に広がっていき、おさえようがなかった。

それでわたしは、おひまをいただき……実家にひきこもった。

ほかの女房《にょうぼう》たちや、多くの人には、自分の居場所も教えなかった。

ただ、静かにすごしたかった。

わたしがひきこもっているのを知った定子《ていし》様からは、参上せよという呼び出しのお言葉があった。

だけどわたしは、行けなかった。

そのとき、気持ちがこじれていて、とてもそんな気持ちになれなかった。

身重な上に髪《かみ》を切られた定子様のおすがたを思うと、あまりにもいたましくて、胸《むね》が切り裂《さ》かれるようにつらかった。

こんなにおつらい定子様に、自分は何もできない。

少しでも、定子様のためになることをしてさしあげたいという気持ちが強ければ強くなるほど、自分の無力さに落ち込んで、動けなくなる……そんな気持ちだった。

わたしは、ひたすら人から借りた物語を読んだり、気に入った物語を書き写したりしてすごしたわ。

わたしはもともと物語好きで、読むのが大好きなの。物語の世界に入りこむと、いやなことを、つらいことを忘《わす》れられるしね。

宮中に勤《つと》める前は主婦だったし、ここまでのんびりと、好きなことだけをして、ゆっくりすごした時間は、初めてだったかも。

それに、久しぶりに、家から見える外の景色をじっくりと見たわ。

頭をからっぽにして、ただ自然の美しさにじっくり目をこらすのは、とても心がいやされたわ。

ながめているうちに、ある日、ふと、何か書きたくなった。

こんなにきれいな空や山の表情を、残さないなんてもったいないような気がしたの。

そのときに、カメラがあったら、きっと、どんどん撮ってたかもね。

絵に描《か》くって方法もあったかもしれないけど、それじゃ、もどかしい。

自分の言葉で、見えているものを書き留めたくなったのね。

それで、前に定子《ていし》様にいただいた紙を取り出して、書いてみたの。

「春はあけぼの。明け方にだんだん白く、明るくなってくる山に、紫《むらさき》がかった雲が細くたなびくのは、とても美しい。

夏は夜。月がある夜はとてもいい。真っ暗な夜なら、たくさんのほたるが飛びかうのがきれい。でも、ほんの一つ、二つのほたるがほのかに飛んでいるのも、ひそやかでいい。

秋は夕暮れ。山に夕日が落ちてきて、からすが何羽か、すみかに急ぐ様子がおもしろい。雁《がん》が列になって飛んでいるのが、遠くに見えるのも、本当に秋って感じでいい。日が沈《しず》み、風の音、虫が奏《かな》でる声を聴《き》くのも、もちろんいいけどね。

冬は早朝。雪がつもっているのは大好きだけど、透明《とうめい》な霜《しも》が一面に降《お》りた朝は、またきれい。すごく寒い空気の中、急いで火をおこした炭を『早く早く！』って運ぶのって、ああ冬だ！　っていう感じで、いい。昼になって、ちょっとあたたかくなってきたころに、火鉢《ひばち》の炭が、白い灰《はい》になってるのは、ちょっとわびしいけど」

書き出したら、どんどん言葉が出てきて、体があったかくなってきた！

（もっと書きたい！　ほかに何か、おもしろいこと、なかったかしら）

顔を上げたそのとき、ふと、すだれが目についた。

（ああ、烏帽子《えぼし》がすだれにひっかかって、音をたてる殿方《とのがた》がみっともないって話、みんなでした

わね！）

わたしは、思わず一人で笑ってしまったわ。

（局《つぼね》で、女房《にょうぼう》仲間と、ずいぶんいろんな話をしたわね。「こんな人っていやよね」とか、「あれって感じ悪い！」って思うものを言い合って笑ったり。殿方《とのがた》の話は、すごく盛り上がったっけ。「すごくステキで文句のつけようのない妻がいるのに、なんであんな人と？　って思うようなカノジョを作ったりするでしょ。どうして殿方って、あんなことするのかしら？　わからないわ！」なあんて！）

今は、口もきいてくれない女房仲間たちとの楽しかった会話を、思い出すままに書いてみた。

（定子《ていし》様の前で、「きれいだと思うもの」とか「どきどきするもの」とか、「かわいいって思うもの」とか、いろんなお話をしたわね。定子様に感心していただきたくて、一生懸命、考えたわ……）

だれかに見せるつもりもないので、順番も特に決めず、思い浮かぶまま気楽に書き散らした。

書き始めると、時間を忘《わす》れたわ。

そんなときに、源経房《みなもとのつねふさ》様がたずねてこられた。

経房様は、気がついたらわたしの書いたものを、勝手に手に取って読んでおられた。

「これは、おもしろいですね！」

「ああ！　それは、人にお見せできるものではないので、およしになってください」

しかし、経房《つねふさ》様は、

「そうなんですか？　出された畳《たたみ》の上に載《の》っていたから、てっきり読んでくださいという意味かと思いましたよ」

と、笑っておっしゃり、

「もっと続きはないのですか？」

などと、言われて、読むのをやめようとなさらない。

「……今日はどんなご用ですか？」

「ええ、さきほど中宮のいらっしゃる、小二条の家に行ってきたのですよ」

小二条の家とは、そのとき定子《ていし》様がいらっしゃった、伯父《おじ》様のお家のことよ。

「……それで、みなさんのご様子は……？」

「女房《にょうぼう》たちは、秋らしい衣装《いしょう》をお召《め》しになって、お変わりなくきちんとした様子でお勤《つと》めされていましたよ。でも草がうっそうとしげっていて、『どうしてお手入れをなさらないのですか？』とお聞きしたところ、『定子様が、草に降《お》りた露《つゆ》をながめたいとおっしゃるので、わざとそのままにしてあるのですよ』と、お答えになりました」

「そうですか……」

おそらく定子様《ていし》のまわりには、そうたくさんの人は仕えていない。日が沈《しず》んだような主人のもとからは、多くの下仕えの者が離《はな》れていったと聞いていた。

（庭の手入れをする下男もいないのかもしれないわ……）

だけど、なんとも風情のある、よいお答えだと思った。

「そう言われて、お庭をながめると、しみじみと心ひかれるような様子に見えましたね」

わたしは、うつむいた。

みんな、そうやって、宮中に比べたらはるかに質素で、地味な生活でも、ちゃんとがんばって、いつものくらしを続けている。そう思うと、そこから逃《に》げ出している自分がいっそう恥《は》ずかしく、消えてしまいたくなったわ。

「何があっても定子様のおそばから離れないものと思っていた清少納言《せいしょうなごん》さんが、いらっしゃらないのはとても残念です、と、みなさん口々におっしゃってましたよ。まるで、わたしに清少納言さんにこのことを伝えよと言わんばかりの勢いでね。行ってごらんになるといい。牡丹《ぼたん》がきれいに咲いていていましたよ」

(経房《つねふさ》様はそのことを言いに来られたのね……)

わたしは、また、落ち込んでしまった。

「では、わたしはこれで。そうそう、これは最後まで読みたいので、お借りしていきますよ」

経房《つねふさ》様が、わたしの書いたものを手に、さっさと行かれてしまった。

それからしばらくして。

「中宮様より、お手紙とお品をお届《とど》けにまいりました」

使いの者が、何か包みを持って来た。

「中宮様がお聞き覚えになっていたお品だそうです。『あまりよい紙ではないので、長寿《ちょうじゅ》を願うお経は書けないわね』とのことです」

開けてみると、真っ白ですばらしい紙がたくさん入っていた。

わたしは、はっと思い当たった。

以前、定子《ていし》様の前で、自分が言ったことを。

――すごく腹が立つことがあると、もう山奥《やまおく》とか、あの世とかに行ってしまいたいと思うんです。でも、白くて上等の紙や、よい筆などを手に入れると、やはりこの世は捨《す》てがたい、なんて思って、元気になってしまうんです。

（定子《ていし》様は「まあ、そんなちょっとしたことで元気になるなんて」とお笑いになったし、女房《にょうぼう》たちにも「清少納言《せいしょうなごん》は単純ねえ」とあきれられたんだけど……。あのときのことを、定子様は覚えていてくださったんだわ！）

わたしは、定子様の贈《おく》り物に、じわっと胸《むね》が熱くなった。

すぐに定子様にお礼のお手紙を書いた。

「恐《おそ》れおおい神のおかげで、寿命《じゅみょう》がのびる思い、千年も生きられそうです」

もちろん「神」とは、「紙」にひっかけた言葉だ。

そしてわたしは、その紙の手ざわりを楽しみながら、束《たば》ねた背《せ》を糸でとじ、草子の形にした。

（これには、何を書かせていただこうかしら……）

そのときひらめいたのは、定子様のお顔だった。

（そうだわ！　定子様のことを書こう！　あの宮中でのすばらしかった日々を！　どれだけ定子様が美しく、麗《うるわ》しく、優《やさ》しく、おおらかであったことか。天皇様と仲むつまじかったこと。道隆《みちたか》様ご一家がおそろいになった、華《はな》やかだった日のことや……そうだ、宮中の四季を書いてもいいかもしれないわ。お正月の行事から、春、夏、秋、冬、いろんなことがあったもの！　どれもみんな、書き残したい！）

わたしの頭の中には、書きたい景色、会話、人の様子などがいっぺんにぱっと現われ、満開の桜のように枝の上で重なり合った。

それでわたしは、書き始めた。

『枕草子《まくらのそうし》』とのちに呼ばれるものの一番大事なところ……、真におおぜいの人に読んでもらいたい、伝えたいことを。

（初めて定子《ていし》様の前に参上したときのこと……これは絶対に書かなくちゃ。あのときの定子様の美しかったこと……。お衣装《いしょう》の模様《もよう》も覚えているわ……。そうだ、前に紙をいただいたときのことも……。あのとき、天皇様が『史記《しき》』をお写しになるけれど、こちらは何を書きましょうっておっしゃって。それでわたしが「枕」がよいと思いますとお答えしたんだわ）

（そう、あのときから、書くのは「枕」だったのよ！　歌でも漢詩でもなく、物語を写すのでもなく……。こうやって頭に浮かんだことを書くのがいいと思うとお伝えしたら、じゃああなたにあげるわと紙をくださった）

（もしかしたら、定子様は、あのときから、わたしの目を通して見た宮中のことを、書き残してほしいとお思いになって紙をくださったのかもしれない）

夢中になって、いくらでも書きたいものが浮かんで、筆を動かす手がおいつかないほどだった。

どれぐらい日がたっただろうか？

「中宮様からお手紙でございます」

使いの者が言うには、女房《にょうぼう》を通して、こっそりと、あまり目立たないように、くださったものだという。

（これは……代筆ではない？　定子《ていし》様が自ら、書かれたもの？）

わたしは、どきどきしながら紙を開いた。

（何も書かれていない？）

そこには文字はなかった。

やまぶきの花びらが一枚、ふわりと出てきた。

（やまぶき？　どういうおつもりかしら。あっ！）

よく見ると、花びらに小さく文字が書いてあった。

――言はで思ふぞ。

わたしは、どきんと心臓《しんぞう》がはねあがった。

そこにある意味がわかったからだった。

やまぶきの花は、くちなし色。そのことは、だれでも知っている。だから、それにかけた有名な歌もあるぐらいだ。

「言はで思ふぞ」も、よく知られている恋の歌の一部分だ。

何も言わなくても、口に出すよりも言わず秘《ひ》めた想いの方が強いということを歌ったものだ。

（定子《ていし》様。口なしって人に言われてもしかたないほど、何も言わないわたしが、だまっていても、ずっとずっと強く定子様のことを思っているのを、わかってくださっているんだわ）

わたしは、もうたまらなくなった。

（参上しよう！　そして定子様のおそばにずっといよう！　何があっても、ずっと！）

やまぶきの花びらを見つめながら、そう決心したの。

6. 清少納言《せいしょうなごん》、再び宮中へ

わたしは、定子《ていし》様のもとに戻《もど》り、またお仕えするようになった。

そして……とてもうれしいことが起きたのよ。

天皇様と定子様が復縁されたの！

定子様は皇女様と一緒《いっしょ》に、また宮中に住めるようになったのよ！

定子様が宮中に戻られたのが六月のことなんだけど、なぜそれが許されたのか、ちょっと説明するわね。

十二月に定子様が無事、ご出産されたことを知った天皇様は、まず、絹《きぬ》や綿などのお品を届《とど》けさせ、定子様と脩子《ながこ》様のお世話をする者を、送られたわ。

天皇様は、本当ならご自身が定子様と生まれたばかりの皇女様にお会いになりたかったと思うわ。

しかし、出家されたお立場の定子様を内裏《だいり》……天皇様とお妃《きさき》様のお住まいと決まっているところ……の中にお呼びするのもむずかしかったし、天皇様ご自身も、会いに行くことは許されなかった。

そうやって、すぐにお世話する者を送られたのは、いろいろな心労の重なる中、出産された定《てい》子《し》様のお体を心配されてのことだと思うけど、定子様と脩子《ながこ》様のご様子をくわしくお知りになりたかったからというのも、あったのでしょうね。

その年が明けて二月。

天皇様のお母様、詮《せん》子《し》様がご自分の誕生祝《たんじょうい》いに、脩子様をお呼びになり、その場で赤ちゃんの口に餅《もち》を含《ふく》ませる儀式《ぎしき》……赤ちゃんの長寿《ちょうじゅ》と健康を祈《いの》る儀式を自らの手でなさったというの。

この儀式をされたということは、脩子様を天皇のお子であり、自分の孫であることを正式にお認《みと》めになったことになるわ。

詮子様はこれまで、定子様や伊周《これちか》様、隆家《たかいえ》様など道隆《みちたか》様ご一家をうとんじ、しりぞけていらっしゃったのだけれど、脩子様は、詮子様にとって初孫よ。

かわいらしい脩子様を前にしたら、お心もあたたかくゆるまれたのかもしれないわね。

また、このころ、詮子様の長い病気の回復を祈願して「恩赦《おんしゃ》」がおこなわれたのだけれど……あ、恩赦って裁判《さいばん》で決まった刑罰《けいばつ》を、特別に許したり、罪を軽くすることね……そのときに、伊周様と隆家《たかいえ》様の罪も恩赦《おんしゃ》の対象にしてよいかという話し合いがなされたの。

国の重要な問題を話し合う、今でいう「閣議《かくぎ》」のような会議で、みなで話し合った結果、伊周《これちか》様と隆家様が許され、京の都に戻《もど》ってもよいということになったわ。

道長《みちなが》様はすでに貴族として最高の権力を手にしていたし、もう、落ちぶれてしまった伊周様たちは、ライバルですらなかったので恩赦に賛成したのかもしれないわね。

これで、藤原道隆《ふじわらのみちたか》家は、法律の上で「罪人のいる家」ではなくなったの。

定子《ていし》様は伊周様や隆家様とお会いになって、心から喜んでおられたわ。

一方、宮中では、有力な貴族がどんどん娘《むすめ》を入内《じゅだい》させていたの。

定子様が男の子を産んでおられたら、その子が有力な次期天皇候補になるところだったわ。

でも、生まれたのは女の子だった。

それに定子様にはもう、強い権力を持つ父親も兄弟もいらっしゃらない。

最有力お妃《きさき》候補と評判なのは道長様のご長女、彰子《しょうし》様。なにしろ、お父様は最高権力を持つ道長様だし、お母様は宇多《うだ》天皇様のご子孫で、血筋の高貴さ、家族の後ろ盾《だて》は並《なら》ぶものがない。

だけど彰子様はまだ十歳で、「裳着《もぎ》」の儀式《ぎしき》……女の子の成人式にあたるもの……もまだすませておられない。

自分の娘《むすめ》が天皇のお子、それも男の子を産んだら、そしてその子がいずれ天皇になったら、その父親や家族は一気に、高い地位を得られる。

この時代は、娘を天皇のお妃《きさき》にして、次の世の天皇になる男の子を産ませることが、出世と一家の隆盛《りゅうせい》のカギだったし、一番の早道とも言えたのね。

天皇様最愛の定子《ていし》様が宮中を離《はな》れ、彰子《しょうし》様が入内《じゅだい》される前の、今が一発逆転のチャンス！　という感じだったのかしらね。

何人もの、お妃候補の入内が続く中、天皇様は、定子様との復縁をお決めになったの！

これは、簡単なことではなかったわ。

まず、出家した中宮様との復縁なんて、前代未聞。

前例がないことだったの！

出家された定子様は「この世で死んだ者」ということになる。内裏《だいり》には、そのような者を住まわせることは許されなかったのね。

復縁と言っても、内裏の中で、前のように定子様に屋敷《やしき》をあたえる訳にはいかない。

内裏は大内裏の中にあり、会議をする場所や、重要なお客様をお呼びする場所など、主に政治にかかわる建物に囲まれているのね。

それで大内裏《だいだいり》の中で、最も内裏に近い場所……「職《しき》の御曹司《みぞうし》」という部屋を定子《ていし》様のお住まいに決められたのよ。

ここは、もともと、お妃《きさき》様に用があって来る方たちに応対する、窓口のような役割のところなの。

ここにお住まいになる限り、入内《じゅだい》ではない（入内とは内裏の中に入るという意味だから）と言い訳ができる。

お会いすることは許されなくても、天皇様のお近くにいられる。

また、中宮様の出家は、正式なものではなかったから、復縁は問題なくできるのだ……とかばってくださる方もいたけれどね。

でも、風当たりは強かったわ。

天皇たるものが、出家した女性と復縁などという前例のないことをするのは、世の規律《きりつ》を乱すことにつながるから、天皇の立場にふさわしくないと言う者。

また、一日も早くお世継《よつ》ぎを作るのも天皇の役目なのに（そのためにもたくさんお妃様がいらっしゃるのよね）、一人の女性ばかり大事にして、ほかのお妃に子どもを作らないのは、まちがっていると言う者。

朔平門
左近衛府
職御曹司
内裏
(p52)
宣陽門
建春門
外記庁
釜所
酒殿
左兵衛府
南所
一本
御書所
内豎所
西雅院
東雅院
建礼門

それに、娘《むすめ》を入内《じゅだい》させた者や、これからさせようとしている者からしたら、天皇様が定子《ていし》様をいちずに想われては都合が悪いから、……はっきり言って自分の一族の出世の妨《さまた》げになるからね、定子様を悪く言う……なんてこともあるし。

で、一番強く定子様をそう思っていたのは、道長《みちなが》様じゃないかしら。

彰子《しょうし》様を一日も早く入内させて、お世継《よつ》ぎを作り、自分と一家の地位を、ゆるぎないものにしたい……しかし、彰子様はまだ入内して、子どもを産める年齢《ねんれい》ではない。

定子様が内裏《だいり》の中ではないにしろ、宮中に戻《もど》られたことで、一番いら立たれたのは道長様だと思うわ。だから、あんなに定子様に意地悪をなさった。

わたし、道長様ってもっと大人で、おおらかな方だと思っていたから、あのときは本当にがっかりしたわ……って、そのことは、またあとでくわしくお話するわね。

とにかく、定子様をよく思わない人もたくさんいたし、職《しき》の御曹司《みぞうし》の中はせまくて、くらしやすいところとはとても言えなかったけれど……。

でも、職の御曹司での毎日はとても楽しかったわ！

ご苦労続きの中でもいつも明るく、その場にいる者に気を配り、どんなところでも楽しいことを見つけて、ほがらかにすごされるよう努力を重ねられる定子《ていし》様。

そんな定子様を見ていたら、

「定子様のために、意地悪や悪いうわさなんかにぜったいに負けない！」

って気持ちになったわ。

「定子様の笑顔を守るためなら、いくらでもがんばれる！」

なーんて、いきごんだりしてね。

あ、それでね！

わたしの書いたもの……『枕草子《まくらのそうし》』は、まだまだ完成って訳じゃなかったけれど、宮中で大人気になっていったの！

定子様のすばらしい日々を書いたのは、何より定子様に喜んでいただきたかったからだし、そのほかのこと……何がきれいだとか、おもしろいかとか、思いつくままに書いたものは、人に見せるつもりじゃなかったから、そうとう感じの悪いことも書いてしまっているのに（だってけっこうだれかの悪口とか、恋の話とかも書いてるし）……貴族の方々に、おもしろいって評判になって、読みたい方の手から手に渡り、いっこうに返ってくる気配はなかったわ。

これはとても意外だったわ。

表向きは道長《みちなが》様の顔色を見て、定子《ていし》様について厳《きび》しいことを言っている方々も、実は定子様に同情なさっていたのではないかしらね。

そうでなければ、定子様のすばらしさや、天皇様との愛の深さ、わたしを含《ふく》む、定子様を取り巻く女房《にょうぼう》たちの明るくて楽しそうな毎日を書いたものが、そんなに人気になるはずがないって、思うもの。

それにね、職《しき》の御曹司《みぞうし》に立ち寄られる殿上人《てんじょうびと》もたくさんいらっしゃったのよ。斉信《ただのぶ》様や、行成《ゆきなり》様、源経房《みなもとのつねふさ》様や源成信《なりのぶ》様も、お立場で言えば道長様側のはずなのに、よくお話をしに来てくださったわ。

職の御曹司なんて、本当だったら事務所だったようなせまい場所で、今まで以上に明るく楽しく勤《つと》めるわたしたちにも同情が集まったのかしらね？

定子様の女房たちは話していてゆかいだ、とか、おもしろいって評判になって、「定子様女房人気」が、ぐぐっと上がった感じになったの！

わたしたち女房は、定子様のお心を見習って、毎日楽しいことを見つけたわ。

職の御曹司は、すぐ前が内裏《だいり》への道で、殿上人の行列が、しょっちゅう通るのね。列の前には、先を払う従者《じゅうしゃ》がいるのだけれど、その従者の声がすっごくよく聞こえちゃうから、みんなでその声を聞いて、「どなたの行列かクイズ」をしたのね。

「あれは○○様の先払いね」

「あら、ちがうんじゃない？」

「そうかしら。……気になるから、見に行ってもらいましょうか！」

などと言い合って、人をわざわざ外に見にやって、

「ほーら、あたった！」

「もう！　じゃ、今度の方はあててみせるわ！」

と、ふざけあったり。

朝早く、霧《きり》がたちこめる中、

「ねえ、お庭に出てみない？」

「いいわね。この時間だったら、お客様もまだいらっしゃらないでしょうしね」

こっそり、みんなで連れ立って、内裏《だいり》につながる大通りに出て散歩を楽しんでいたら、霧の向こうから、ろうろうと歌を詠《よ》む声が！

おおぜいの殿上人《てんじょうびと》の方たちが、こっちに向かってやってくるとちゅうだったの！

「いけない！」

「早く早く！　お仕事よっ！」

あわてて職《しき》の御曹司《みぞうし》に戻《もど》って、何事もなかったように、お客様のお相手を務めたり。

そうそう、あのときも、おもしろかったわ……。

「ほととぎす」の声を聞きに遠出したあの日。

職の御曹司でお仕えして、一年ぐらいたったころかしら。

五月のことだった。

雨ばかりでうっとうしい日が続いて、みんなたいくつしていたのね。

「ほととぎすの声を聞きに行かない？」

わたしが言うと、みんな、

「いいわね。行きたいわ」

「わたしも」

「わたしもよ」

ほかの女房《にょうぼう》も、賛成してくれた。

「賀茂《かも》神社の奥《おく》に、なんとかいう……かわった名前の谷のところに橋がかかっていて、そのあたりではほととぎすが鳴くそうよ」

「それって、ひぐらしじゃなかった?」

わいわい適当《てきとう》なことをみんなで言っていたが、とにかくなんでもいいから外出したい。

定子《ていし》様にお許しもいただき、役所に頼《たの》んで牛車を用意してもらい、わたしを入れて四人の女房《にょうぼう》で、早朝から出かけることになった。

「もう一台、牛車を用意していただけないかしら。わたしたちも行きたいわ」

ほかの女房たちも言い出したけど、

「まあ、それはだめですよ。ここにだれもいなくなってしまうわ」

と、定子様がおっしゃったの。

まあ、それはそうよね。

そんなことをしたら、定子様のご用をするものまでいなくなってしまう。

で、うらやましそうな女房たちを知らん顔でふりきって、わたしたち四人は出発した。

ご用とか、お供《とも》ではなく、遊びに出るのってもう、うれしくって!

馬場で弓の競技をしているのを車を止めさせてながめたものの、

「なんか、たいした方が出てらっしゃらないわね」

「期待外れねえ。もういいわ、行っちゃいましょう!」

なんて言い合ったり、

「ああ、この道！　なつかしいわ。賀茂祭《かものまつ》りのことを思い出すわあ」

「ええ？　お祭りの日に、何かあったの？」

などと言い合うのも、楽しい。

山里の中に入り、どんどん緑がこくなる山道の景色を楽しんでいたら、そのうち定子《ていし》様の伯父《おじ》様の高階明順《たかしなのあきのぶ》様のお家の前に出たの。

風流人の明順様のお家は、ぜいたくでない簡素な作りだったけれど、むかし風のしつらえがすがしく、とてもおもむきのある家だったわ。

「まあ、ほととぎすの声が、うるさいほどだわ！」

「すごいわねえ！」

（定子様に、このほととぎすの合唱を聞かせてさしあげられないのが、残念だわ……。それに来たがっていた女房《にょうぼう》たちも、これを聞いたらどれほど喜んだだろう……）

そんなことを思っていると、明順様が
「せっかくいなかにいらしたのですから、珍《めずら》しいものをお見せしましょう」

とおっしゃって、稲《いね》の穂《ほ》を見せてくださり、使用人たちや近所の娘《むすめ》たちを呼んで、「稲こき」というものをやらせて見せてくださった。

「稲こき」とは稲《いね》の穂《ほ》から実を落とす作業のこと。さらにもみがらを取ると、お米になるというの。

ほかにも農作業をしながら歌を歌う様子など、わたしたちはみな珍《めずら》しく、大喜びで見物した。

本当はほととぎすの声を聞いて、感じたことなどを歌に詠《よ》んで帰ることになっていたのだけれど、はしゃぎすぎて、歌を作るどころじゃなかったわ。

そうしているうちに、お料理が出てきた。

「いなかの料理ですが、どうぞお召《め》し上がりください。このわらびは、わたしがつんだものですよ」

と、いろいろ気をつかい、すすめてくださったの。

しばらくすると、雨が降《ふ》ってきた。

「急がないと。道がぬかるんだら、車輪が動かなくなるかもしれないわ。もう車に乗りましょう」

「でもほととぎすの歌を詠むなら、こちらで詠むのがいいんじゃないの？」

「道のとちゅうでも詠めるんじゃない？」

結局、歌は詠まずにあせって車に乗りこんだの。

山の道には、白い卯《う》の花がたくさん咲きこぼれていた。

「なんてきれいなの！」

あまりにきれいなので、牛車を止めさせ、枝を折り、牛車のすだれにさして飾《かざ》ってみた。

「いいわね！　もっと飾りましょう」

たくさん枝を折って、どんどんすだれにさし、車の横や屋根にまでさした。

牛車を引くお供《とも》の男たちも、おもしろがって、

「まだここにもさせるぞ」

「ここが足りない！　こっちにも枝をくれ」

などと、さらに飾り立ててくれたので、まるで満開の卯の花の垣根《かきね》をそのまま牛に引かせているような感じになったの！

この、花でいっぱいの車をだれかに見てもらいたくてたまらないのだけれど、そういうときにかぎって気の利いた人に会わないのよね。

それでわざわざ、藤原為光《ふじわらのためみつ》様のお屋敷《やしき》に寄って、為光様の六男である公信《きんのぶ》様を呼び出したのよ。

公信様は、わたしたちの車を見て、大笑いなさったわ。

「あきれたことですね！　まあ、こんなのは見たことがない。あなたがたもおりて、じっくり見

られるといいですよ」

そう言って、またみんなで笑っていたら、雨がいよいよ激《はげ》しくなってきたので、あわてて職《しき》の御曹司《みぞうし》に帰ったのよ。

わたしたちを、みんなが待ちかねていたので、今日一日あったことを話したら、もうみんな大笑いだった。

定子《ていし》様もお笑いになっていたけれど、こうおっしゃったの。

「それで、ほととぎすの歌は、どんなのができたのかしら？」

それでわたしたち、四人で「しまった！」と肩《かた》をすくめた。

「も、申し訳ございません。その、次々いろいろございまして、歌を詠《よ》むひまがありませんでした……」

言われるまで、歌のことはすっかり忘《わす》れていたの。

「困《こま》ったわねえ。あなたがたがほととぎすの声を聞きに、遠出したことはみんな知っているから、殿上人《てんじょうびと》の方々がきっと『それで、どのような歌を？』と聞いてくるわ。あまり考えすぎないで、その場で、さっと詠んでしまったらよかったのに」

（本当にその通りだわ。定子様がお困りになる！　なんとかしなくちゃ！）

これはいよいよ歌を作らないと……と思っていたら雨がどんどんひどくなり、急に雷が鳴り始めたの。

「きゃあ、雷よ！」

「早く格子《こうし》を閉めて！」

大騒《おおさわ》ぎになってしまった。

外は暗くなり、やっと落ち着いたので、今度こそ歌を作ろうと思っていたら、雷のお見舞《みま》いに参内《さんだい》する方々がおおぜいいらっしゃって、そのお相手をしているうちに、どんどん時間がたってしまい……。

（つくづく、今日は歌を作れない日だわ……）

疲《つか》れて、ぐったりしてきた。

「あなたたち、作ろうと思えば、今でも作れるでしょう。もう歌を読む気がないのかしらね？」

定子様《ていしさま》がおっしゃった。

「……すみません。もう、今日は、歌を詠《よ》む気持ちがどこかにうせてしまいました……」

定子様はつまらなそうだったけれど、わたしは、もう、そう答えるしかできなかった。

定子様はそれ以上、歌のことをおっしゃらなかったので、なんとなく、そのままになって、二日ほどたった。

また、ほととぎすの声を聞きに行ったときの話になり。

「あのときのわらびは、おいしかったわね！」

と、言い合っていたら、定子《ていし》様が笑っておっしゃった。

「あきれたわね。思い出すのはそんなことばかりなの？」

そう言って、ありあわせの紙に、

「下わらびこそ　こいしかりけり」

と書かれた。これは「足元にはえていたわらびばかりが、どうにも恋しい」という意味よ。

「さあ、清少納言《せいしょうなごん》。下の句を書いたわよ。これに合う上の句を考えなさい」

と、その紙をわたしに渡された。

（わあ、歌のことはうやむやになったと思っていたのに……。しかたないわ）

それでわたしは、

「ほととぎす　たずねてききし　声よりも」

と、書いた。

上と下の句を合わせると、

「ほととぎすの美しい声を聞きたくて、遠い山の中までたずねていったものの、あとで想いがつのるのはおいしかったわらびのことばかり」

という……。

まあ、なんのひねりも、気の利いた工夫もないけれど、今のわたしの気持ちを正直に詠《よ》めば、まったくそのままという感じの、ばかばかしい歌だ。

「本当にあきれたわねえ！　結局ほととぎすのことは、そっちのけで、こういう歌ならさっさとできるという訳ね」

定子《ていし》様がおかしそうにおっしゃって、また、みんなで笑い合ったわね……。

その冬の、「雪山の賭《か》け」のことも、思い出したら笑ってしまう。

十二月に大雪が降《ふ》ったの。それで降りつもった雪をかためて、庭に山にしたんだけど、その山をながめながら、

「この雪山はいつまでもつかしら」

と、定子様がおっしゃったのね。

それでみんなで、

「十日間はもつんじゃないでしょうか」

「いえ、十日以上はだいじょうぶじゃないですか?」

などと言い合った。

わたしは調子に乗って、

「正月の十日すぎ……十五日まで、もつと思います!」

と言ってしまった。

みんな、年末までには溶けるだろうという予想が、ほとんどだった。

それに定子《ていし》様も、

「十五日まではもたないでしょう」

と、おっしゃった。

(しまった……。長く言いすぎたわ。元日ぐらいにしておけばよかった)

あとでそう思ったものの、強く言いきってしまった手前、あとに引けなくなって押し通したの。

するとみんな、がぜん盛り上がってしまった!

「雪山が、清少納言《せいしょうなごん》の言う通り一月十五日までもつかどうか。それとも定子様のご予想通りにそれまでに消えてしまうか」

という話題があちこちでされてしまい、そこまでみんなに注目されると、ますますひっこみがつかない！

その後、雨が降《ふ》ったりすると、

（どうか、山が消えませんように！）

と観音様に祈《いの》るしまつだったの。

なんとか年末はもって、一月一日の夜に大雪がまた降ったの！

（やった！　雪山が大きくなった！）

と、飛び上がりたいほど、うれしい気持ちで雪山を見ていたら、無情にも定子《ていし》様がこうおっしゃったの。

「あらあら、この降った雪の分を取り除いてちょうだい。そうしないと、もともとの雪山が残っているのかどうかわからないし、賭《か》けがおもしろくなくなるわ」

（ええーっ？　それじゃ十五日までもたないかも）

「この分じゃ十五日どころか、七日までもたないんじゃないかしら」

女房《にょうぼう》たちは、そんなことを言い合っていたわ。

そうしたら……、思いもよらないすばらしいことが起きたの！

急に、定子様が内裏《だいり》に上がることが許されたのよ。

一時的なことではあるけれど、なかなかお目にかかれなかった天皇様と、定子《ていし》様が、久しぶりに共におすごしになれる！

定子様は、雪山の結果を見届《みとど》けられないのが残念だわと言い置かれて、職《しき》の御曹司《みぞうし》から出て行かれたわ。

定子様が内裏《だいり》に上がられてから、わたしは自分の家に帰っていたのだけれど、雪山のことが気になって気になってたまらない。

使いの者を毎日見にやらせていたの。

十三日には雨が降《ふ》ったので、ああこれで終わりかと思ったら、

「まだ、残っておりますよ」

と教えられて、ほっとしたり。夜も寝《ね》ずにいて、朝になるとすぐ使いの者をたたき起こしてまた見にやったり。

わたしの落ち着かない様子に、女房《にょうぼう》仲間はおかしがって、

「大変な騒《さわ》ぎじゃない！」

と、笑ったが、それどころではない。

十四日の夜は、わくわくして眠《ねむ》れなかった。

（明日だわ！　明日の朝、残った雪をおぼんに載《の》せてきれいに盛ったものを、内裏《だいり》の定子《ていし》様にお届《とど》けしよう。すてきな歌を添《そ》えて……）

雪の小山と歌を、天皇様と一緒《いっしょ》にごらんになっていただきたい。

わたしとの賭《か》けのことや、歌のことを話題に、仲良く微笑《ほほえ》まれる天皇様と定子様のおすがたを思い浮かべたら、うっとりしてしまった。

そして、雪に添える歌を、一生懸命《けんめい》考えてすごしたの。

十五日、まだ暗いうちから起き出して、雪を取りにやらせた。

すると、使いの者がおかしな顔をして戻《もど》ってきた。

「雪がみんななくなっていました」

「ええ？　確かなの!?」

「はい、ゆうべは暗くなるまで、確かにあったんですが」

「へんね」

ふつふつと疑いの気持ちがわいてきたわ。

あまりわたしが、雪のことで騒《さわ》ぎ立てるし、宮中での話題になっていたので、だれかいじわるして、雪を捨《す》ててしまったんじゃないかしら？

もう、すごくがっかりしたわ。

天皇様と定子《ていし》様との楽しい話題になるはずが、だいなしじゃないの！

頭にきて、わたしはこのことを直接定子様にお伝えすることにしたの。

参内《さんだい》して、定子様の前で、雪のことを訴えたわ。

「本当にくやしくてたまりません！　だれがそんないじわるをしたんでしょうか！　せっかく雪の小山にすてきな歌を添《そ》えて、お届《とど》けしようと準備していましたのに！」

すると、定子様がこらえきれないようにお笑いになったの。

一緒《いっしょ》に参上していた女房《にょうぼう》たちも、みんな、笑い出したわ！

「そんなに一生懸命《けんめい》考えてくれたものを、だいなしにしてしまって、ごめんなさいね。実は、十四日の夜に、わたしが命じて雪を捨《す》てさせたのよ」

定子様のお言葉に、わたしは頭が真っ白になってしまった。

「ど、どういうことでしょうか……」

「あんまりあなたが必死になって、雪を気にしているのがうわさになっていてね。その様子を聞くと、もう、おかしくなってしまって。雪はとても固くて、十五日どころか二十日までもちそうだったと、雪をかたづけた者が言ってましたよ。賭《か》けはあなたの勝ちということね」

そう言って、いたずらっぽくお笑いになった。

（あなたの勝ちって言われても……。まさか定子《ていし》様のしわざだったなんて。そんなのひどい！）

「こうやって白状したんだから、もう許してちょうだい。せっかく作ってくれた歌を聞かせてね」

「そう言われても、もう、歌を披露《ひろう》する気持ちになりません！」

「清少納言《せいしょうなごん》ったら、子どもみたいなことを言わないで、歌を詠《よ》んでくださいよ」

女房《にょうぼう》たちに言われても、むくれていたら、なんと天皇様まで出てこられた。

「いつも大事にしている女房にこんなひどいことをなさるとはね。よほど、勝たせたくなかったのだね」

定子様にそうおっしゃって、天皇様までもが、お笑いになった。

わたしは、すねてみせてはいたが、天皇様と並《なら》んでいらっしゃる定子様の幸せそうなおすがたを見ると、怒《おこ》る気持ちなど吹き飛んでいたわ。

（雪がなくなっていたのはショックだったけど、この雪の賭《か》けのことを定子様と天皇様が楽しく話題にされたのだったら、それでよかったのだわ……）

わたしは、うれしかった。

そして、きっとこれから、今までご苦労なさったことがむくわれるような、良いことがあると信じたわ。

定子《ていし》様に二人目の赤ちゃんができたとわかったのは、その春のこと。

八月になると宮中を出られた定子様は、中宮様付きの役人、平生昌《たいらのなりまさ》様の家にお移りになり、そこでご出産されることになったの。

生昌様のお家ははっきり言って、中宮様がお住まいになるようなところではなかったわ。門が小さすぎて、車が入らないの！

「えー、北門から入ったら、門番もいないし、人に見られないまま、さっと縁側から入れると思ってたのに……」

しかたがないので、道にむしろを敷《し》いて、その上をわたしたちは歩いて家に入ったのよ。

まさか道を歩いて、自分たちの様子を人前にさらすことになるなんて、思ってもいなかったから、わたしもほかの女房《にょうぼう》たちも、ものすごく適当《てきとう》なかっこうをしていて、髪《かみ》もろくになでつけていなかったの……。

その様子を、下っ端の役人から殿上人《てんじょうびと》からながめて見物しているんだから、みじめだし情けないし、腹が立ってしょうがなかったわ！

家の者も気が利かないし、こんなところでご出産なんてといらいらして、生昌《なりまさ》様にいやみを言ったりしたんだけど、

「まじめな方なんだから、あんまりいじめてはかわいそうですよ」

と、定子《ていし》様がおかばいになるので、こらえたわ。

(無事に赤ちゃんが生まれますように。今度こそ男の子……天皇の皇子様がお生まれになりますように。そして定子様と天皇様が仲良くおくらしになれますように！)

わたしの願いが天に届《とど》いたのかと思ったわ！

十一月七日。

元気な男の赤ちゃんが生まれたの！

敦康《あつやす》皇子様。一条天皇の第一皇子様の誕生《たんじょう》よ。

(よかった。本当によかった)

わたしもほかの女房《にょうぼう》も、これで定子様のお立場はぐっと強くなったと思ったわ。

なんと言っても、第一皇子様のお母様になられるんだから。

(きっと、きっと、もうだいじょうぶ)

そう思っていたの。

だけど……。そう簡単にはいかなかったわ。

赤ちゃんが生まれた、その少し前に、道長《みちなが》様のご長女、彰子《しょうし》様が入内《じゅだい》されていたの。道長様のお力もあることだし、きっと強いお立場のお妃《きさき》になられるだろうとは、だれもが予想していたわ。

でも、定子《ていし》様は中宮様。

強い後ろ盾《だて》がなくたって、お妃様の中で最高の位なのは変わらないわ。

そして、何人お妃がいても、中宮になられる方はたった一人と決まっている。

なのに……。

彰子様がもう一人の中宮様になられるなんて、このとき、いったいだれが想像できたと思う？

7．清《せい》少《しょう》納《な》言《ごん》、お勤《つと》めを終える

天皇様の、新しいお妃《きさき》となられた彰《しょう》子《し》様のことを、少しお話するわね。

彰子様のお母様、倫《りん》子《し》様は宇《う》多《だ》天皇様のひ孫にあたる方で、とても高貴な血筋のお姫《ひめ》様でいらっしゃるの。

倫子様がお年ごろ……たとえば二十歳のときは、一条天皇様はまだ四歳、東《とう》宮《ぐう》様も八歳で、さすがにお年がつりあわないから、なりたたなかったけれど、天皇様や東宮様のお妃になられてもおかしくないお立場だったの。

そのようなお母様からお生まれになった彰子様は、生まれながらにしてお妃になるのを期待された方なのね。

定《てい》子《し》様のお母様が、そう高くない地位の家に生まれ宮仕えをしていたことに比べて、天皇家の血筋の母を持つ彰子様は、だれにも文句のつけられない、最も高い位のお妃になれる。道《みち》長《なが》様には、その自信があったと思うわ。

ほかに入内《じゅだい》されたお妃《きさき》様たちに、天皇様はそんなにお心を奪《うば》われているご様子もない。娘《むすめ》のライバルになりそうな定子《ていし》様は出家された。

あとは、彰子《しょうし》様が成長するのを待って、入内させるばかり……。

道長《みちなが》様の立場で考えたら、きっとこういう感じだったと思うわ。

ところが、定子様は天皇様と復縁された。

もし、定子様に男の子が生まれてはと気あせりされていたはずよ。

彰子様がやっと十二歳になられたその年の二月、そうそうたる顔ぶれの、有力貴族を招いての女性の成人式……「裳着《もぎ》」の儀式《ぎしき》をされたの。天皇様のお母様、詮子《せんし》様や、東宮《とうぐう》様からもお祝いの品が届《とど》き、それは華麗《かれい》なものだったというわ。

一刻も早く、彰子様を入内させたいけれど、いろんな準備が必要で、なかなかそうすぐにはいかない。

そんなときに、定子様が二人目の赤ちゃんをみごもったことを、お知りになった……。そのあたりからかしら。定子様に対する、いやがらせやいじめが本格的になってきたのは。

たとえばこんなことがあったわ。この年の六月、宮中に火事が起きて、内裏《だいり》が全焼してしまったの！　平安時代って火事が多かったんだけど、一条天皇様の時代に、内裏が焼けてなくなるなんていうことは、初めてだったのね。

そうしたら、こんなうわさが広がったの。

――則天武后《そくてんぶこう》が宮廷に入ったがために、唐《とう》の王朝が滅びた。今度の火事も、宮廷にふさわしくない、不吉な妃《きさき》のせいで起こったのではないか……。

唐っていうのは、むかしの中国のこと。で、則天武后っていうのは、歴史に残るような悪妻のお妃で、有名だったのね。

則天武后になぞらえて、はっきりとは言わないけども、定子《ていし》様のせいで、宮中に悪いことが起きたんだっていう、悪意のあるうわさよね。

で、そのうわさを言いふらしていたのが、道長《みちなが》様と仲の良い学者の先生。わざわざ物忌《ものいみ》で、出かけられないでいる行成《ゆきなり》様のところにまで、それを言いに来たって聞いて、もう、頭にきたわ！

行成様は公正でまじめな方だったから、道長様一派と定子様をかばう一条天皇様の間にはさまれて、すごく大変だったみたいなの。

その日のことも、本当におつらくて、仕事を辞める夢まで見たそうなのよ！

七月になったら、また、おかしなことが起きたわ。

中宮様のお世話や、中宮様に関するこまごまとしたご用をつかさどる「中宮職《ちゅうぐうしき》」という部署《ぶしょ》が役所にはあるのね。

その部署《ぶしょ》の長官が「中宮職大夫《ちゅうぐうしきだいぶ》」っていうんだけど、定子《ていし》様のお世話をしてくださっていた中宮職大夫が、急に辞職しちゃったの。病気が理由だっていうんだけど、どうもそうとは思えなくて。

長官の補佐をする権大夫《ごんのだいぶ》も、昨年、亡《な》くなっていた上に、次の中宮職大夫がぜんぜん決まらない。

部署の長が二人ともいないままで、放っておかれたので、もともと職《しき》の御曹司《みぞうし》で、思うようにすごせない定子様の生活に、不便や不都合ばかり生じてしまったのよ。

中宮様担当の大夫は、選ばれるのがすごく厳《きび》しくて、ふさわしいものがいないまま空席になることも、まああったけれど……。

タイミング的に、これも道長《みちなが》様のさしずだったんじゃないかって、わたしは思ってるの。

八月になって、定子様がご出産の準備のために、中宮職三等官、平生昌《たいらのなりまさ》様の家に移った話は、前の章でしたわよね？

みすぼらしい家だわ、車も通れないような小さな門だわで、頭にきたのを定子様になだめられたんだけど。

実はその日、もっと腹立たしいことがあったの。

中宮様がどこかに行かれるときには、必ず公卿《くぎょう》（大臣、大納言《だいなごん》、中納言など、高い官位の貴族のこと）がつきしたがうことが、決まりなのね。

それを知っていながら、道長《みちなが》様はわざわざ朝早くから、公卿たちを連れて宇治の別荘に行って、お泊《とま》りになったの。

公卿たちに、暗に「定子《ていし》様の側につくな」「定子様を無視しろ」って、言ってるようなものね。

このため、道長様についた公卿たちは宇治に行き、そこまでできないけど道長様ににらまれたら恐《おそ》ろしいと思った公卿たちは、宇治にも、定子様のお供《とも》のどちらにも行かなかったらしいのね。行成《ゆきなり》様は一生懸命《けんめい》、お供に行ってくれる公卿をさがし、しりごみするのを説得してやっと二人を確保してくださったの。

そんな訳で、生昌《なりまさ》様の家に行くのも、お供が少なくて……、とてもさみしい「行啓《ぎょうけい》」（皇后《こうごう》、皇太后、皇太子、皇太子妃の外出のこと）になったのよ。

定子様が中宮三等官の家でご出産なんていう、本来ならありえないようなことになったのも、道長様のことを恐れて、どの貴族も自分の屋敷《やしき》を貸すとは言えなかったらしいわ。

そのことを思うと、生昌様の屋敷に住まわせていただいたのは、大変ありがたいこと……。千年後の読者にまで、家がみすぼらしいだの、気が利かないだのって、伝えることになったのは、申し訳なかったと今は思うわ。


一方、彰子《しょうし》様の入内《じゅだい》は十一月一日。

とても豪華《ごうか》な入内であらせられたそう。入内には十人以上の公卿《くぎょう》がお供《とも》し、お嫁《よめ》入りのお道具も、すばらしいものばかりだったというわね。

特にすごいってうわさになったのは、びょうぶよ。

高名な画家が描《か》いたびょうぶ絵も、すばらしかったそうなんだけど、その絵に合わせて詠《よ》んだ歌の色紙がはってあって。歌を詠まれた方々がすごいの。

公卿たちだけでなく、花山上皇《かざんじょうこう》様が詠まれた歌もあったのね。

これって「芸術的にすてきなもの」＋「彰子様にはこれだけの高い位の方々が、ついてくれてますよ」っていう、アピールみたいなものよね！

それに、女房《にょうぼう》たちも、よりすぐりのお嬢《じょう》様ばかり。

美しくて上品で、だけでは飽《あ》きたらなくて、徹底的に良い血筋のお嬢様ばかりを集めたそうよ。

そのために、かえって、彰子様は気苦労もなさるのだけれど、まあ、それはのちの話ね。

十一月七日。

この日道長《みちなが》様は公卿《くぎょう》たちを呼んで、入内《じゅだい》の披露宴《ひろうえん》をおこなわれたわ。彰子《しょうし》様はこの夜は初めて天皇様とすごされるご予定で、つまり、この日から、彰子様は名実共に天皇様のお妃《きさき》になられる大事な日だったのね。

ところがその七日の朝に、定子《ていし》様に皇子様が生まれたの。

道長様にとっては、なんともくやしいタイミングだったでしょうね。

天皇様は、大変お喜びになって、行成《ゆきなり》様にさっそく、お祝いの品の手配をお命じになったの。

詮子《せんし》様も、次期天皇になるかもしれない孫の誕生《たんじょう》を祝い、天皇様が皇子様にあたえる守り刀……「御劔《みかはし》」をご用意なさったそうなの。

とはいえ、彰子様との披露宴は、予定通りおこなわれたわ。

おおぜいの有力貴族たちが、披露宴に出席して、お祝いしたけれど、だれも定子様のもとにお祝いに来なかった。

六月に内裏《だいり》が燃えてしまってから、天皇様は一条院を仮の内裏にされて、お住まいになっていたの。

彰子《しょうし》様も、一条院の中の屋敷《やしき》にいらっしゃったわ。

彰子様のお部屋は、見事な調度品に囲まれ、なんとも良い香《かお》りの香《こう》をたかれ、優雅《ゆうが》にくらされていたそうよ。

お嫁《よめ》入りの道具の中には、貴重な書物もたくさんあり、書棚《しょだな》にずらりと並《なら》んでいたというわ。

「これはすばらしい。書物がすばらしすぎて、仕事を忘《わす》れたおろか者になってしまいそうだね」

天皇様はそうおっしゃって、たびたび彰子様のところに来られ、書棚をごらんになったそうよ。

天皇様が書物をお好きなのを道長《みちなが》様はご存じで、思わず天皇様が読んでみたくなるような、貴重なものばかりをご用意なさったのね。

そうやって、少しでも彰子様のもとに、天皇様が来てくださるように、道長様が必死で考えられたのよね。

だって、彰子様はまだ十二歳。

気品があり、年よりも大人びた方だというおうわさは聞いたけれど、それでも十二歳での入内《じゅだい》は、年若い入内が多い当時でも珍《めずら》しいほどのお若さだった。

定子《ていし》様が入内されたのは十四歳だったけれど、そのときは天皇様もまだ十一歳で、「一緒《いっしょ》に大人になられた」感じだったと思うんだけど、二十歳になられた天皇様から見たら、彰子様は、幼《おさな》く見えたご様子だった。

「あなたといると、わたしがずいぶん年寄りになったような気がするよ」

などとおっしゃって、お笑いになったというわ。

天皇様は彰子《しょうし》様に、決して失礼なことはなさらなかったし、大事にもなさっていたと思うけれど……夫婦というには、まだ無理があったかもしれないわね。

彰子様は、女性としてはまだまだ幼《おさな》く、それにあまりにも誇《ほこ》り高くお育ちになっているので、天皇様とうまくうちとけて話せなかったご様子だったようよ。

天皇様が笛をお聞かせしたときも（天皇様は笛の名手でいらっしゃるの）、ほれぼれと女房《にょうぼう》たちは聞いているのに、彰子様は顔を横に向けたまま。

「こちらを向いていただけませんか」

と、おっしゃる天皇様に、彰子様は、

「笛は聞くもので、見るものではありませぬ」

とお答えになったそうよ。

「やれやれ、こんな年寄りをやりこめるとは」

天皇様は笑っておられて、彰子様の女房たちは、お二人のご様子をなんて高貴な……と感動したということだけど……。

気さくでおもしろいことを自ら見つけ、思ったことをはっきりおっしゃる定子《ていし》様と、彰子《しょうし》様は正反対のお方。

彰子様は自分から意見を言ったり、女房《にょうぼう》相手に冗談《じょうだん》を言うなんてことは、品が良くないことだという お育ちだったと思うわ。

天皇様と仲良くしたくても、どのようにしたら良いのか、わからなかったんじゃないかしら。

彰子様の女房たちも、みなさま、お嬢《じょう》様すぎて……いじわるではなかったかもしれないけれど、ひたすら品が良くて、おっとりかまえていて。

気の利いたことを言ってその場をなごませたり、彰子様のためにがんばって気配りするような方々ではなかったように思うわ。

でもお父様の道長《みちなが》様には、天皇様のお心をつかむように熱く期待されているし。

彰子様のお立場になってみると、お気の毒なところもあるなあって思うわね。

二月、彰子様が一度お里帰りをなさることになったの。

そうしたら天皇様は、それを待ちわびていたように、彰子様が一条院を出られた次の日に、定子様と皇子様を呼び寄せられた。

詮子《せんし》様も敦康《あつやす》様のお顔が、幼《おさな》いころの一条天皇様によく似ていらっしゃると、大変お喜びだったわ。

ご家族仲良くすごされる、天皇様と定子《ていし》様のまわりは、一足早い春が来たようにあたたかい空気でつつまれていたわ。

十八日には、敦康様のお誕生《たんじょう》百日祝いをすることになり、ほっこりと喜びにつつまれたそのころ。

信じられないことが起きたの。

彰子《しょうし》様が中宮におなりになることが決まったのよ。

「中宮様は定子様、お一人よ！」

「宮中に二人、中宮様がいるなんて、それこそ前代未聞よ！」

そうしたら、定子様には皇后《こうごう》様になっていただくというのね。

「皇后様ですって?」

みんな不思議がったわ。

だって皇后というのは、中宮の別の呼び方。同じことなの。

実はこれも、道長《みちなが》様が考えられたことなのね。

今、定子《ていし》様側につくものがいなくても、敦康《あつやす》様が一番のお世継《よつ》ぎ候補であることはまちがいない。

なんとか彰子《しょうし》様の位をあげて、定子様に負けないようにしたかったのね。

道長様は昨年、彰子様が入内《じゅだい》されてからほどなく動き出し、公卿《くぎょう》や天皇様や詮子《せんし》様の説得にかかっていたと聞いて、あきれたわ。

道長様のこの提案、「中宮と皇后《こうごう》の両立」……事実上、天皇様に二人の中宮様……という、ありえない、これこそ前代未聞のことを、行成《ゆきなり》様も賛成したと聞いて、

「なんで!?」

と、思ったわよ。

行成様は蔵人頭《くろうどのとう》（天皇様の秘書のような役割）として天皇様のお心に添《そ》うように、一生懸命《けんめい》、勤《つと》めていらっしゃったし。

でも、行成様のご意見はこうなの。

「中宮様の大事なお仕事に、神事《しんじ》があります。国の平安と発展を神に祈《いの》る役目がございます。定子様は出家されているために、神事ができません。それなのに天皇様の恩恵《おんけい》を受け、中宮の称号《しょうごう》

や地位をそのままに国費でくらしておられます。かくなる上は、もうお一人の中宮をたて、神事をしていただくのが良いと思います」

（かたぶつ！　まじめ！　何が国費よ！　定子《ていし》様はお世継《よつ》ぎになられるかもしれない、皇子様のお母様なのよ！　それなのに！）

わたしは、かーっとなっちゃったけどね……。

天皇様は、信頼《しんらい》する行成《ゆきなり》様から、国費のことや神事のことを持ち出されては、あんまりにも正論すぎて言い返すこともできない……。

それに、これを認《みと》めないと、ますます道長《みちなが》様が定子様にひどいことをするかもしれないとお思いになったかもしれないわ。

結局、天皇様も彰子《しょうし》様を中宮にすることを、お認めになったという訳よ。

二月二十五日、彰子様は道長様のお屋敷《やしき》で、立后《りっこう》された。

十三歳というお年で中宮になられた方は、平安時代の宮中では、ほかにおいでにならなかったわ。

入内《じゅだい》も、立后も、最年少でいらしたのが、当時の道長様の勢いと、何がなんでも一条天皇様の世を、自分の時代にしたいのだという、暑苦しーい、強いお気持ちを感じさせるわね。

お屋敷《やしき》では、彰子《しょうし》様のお祝いの宴《うたげ》がもよおされ、おおぜいの公卿《くぎょう》や、皇族の方々もいらっしゃったそう。それは華《はな》やかな宴だったでしょうね。

思いもよらない形で「皇后《こうごう》」になられた定子《ていし》様は……、形式的には中宮と同じ位ではあるけれど、中宮の座《ざ》を追い出されたような感じで……すごくおつらかったんじゃないかしら。

そうでなくても、あの手この手でいじわるされていたのに……。

定子様の頼《たよ》るものは、天皇様の愛情だけだったわ。

そして定子様が苦しい立場になればなるほど、天皇様の定子様に対するお心は、ますます深くおなりになったと思う。

そのことを証明するかのように、定子様にすぐ、三人目の赤ちゃんができたのよ。

定子様は三月もうすぐ終わりという時期に、お産にはまだ早いけれど一条院を出られて、三条の宮……例の平生昌《たいらのなりまさ》様の家のことなんだけど、そう呼ぶと優雅《ゆうが》でしょう。なにしろ皇后様のお住まいなんだから……にお移りになった。

そして四月七日、定子様と入れ替わりのように彰子様が中宮として、一条院にお戻《もど》りになった。

正装をして、輿《こし》に乗り、堂々と戻られた彰子様には、お若いけれど「貫禄《かんろく》」のようなものが感じられ、さすが生まれながらのお妃《きさき》様と、迎《むか》えた者が感心したと言うわ。

「このたびは、位を極められ、恐《おそ》れおおいほどです。初めてお会いしたときより、ずいぶん大人になられましたね。おかしなことをしたら、わたしがしかられそうです」

天皇様は、冗談《じょうだん》めかしてそうおっしゃったそうなんだけど、本当にそう思われるような空気が、彰子《しょうし》様にあったんでしょうね……。

彰子様ご自身も、中宮になられたことで、自信を持たれたかもしれないし、最高位の妃《きさき》として、しっかりと宮中の役目を務めていこうというお覚悟《かくご》が、決まったのかもしれないわね。

五月になった。

あれだけ、ぶうぶう文句を言っていたせまい家だけど、慣れてきたら、気楽で楽しいなんて思えるようになってきたわ。

脩子《ながこ》様や敦康《あつやす》様もいらっしゃるから、毎日がにぎやかで、おかわいらしいお二人の成長を見るとだれもが明るい気持ちになれたわ。

道長《みちなが》様や彰子様のことを気にして、くよくよしていても仕方がない！

それに、定子《ていし》様の末の妹……とてもおだやかで優《やさ》しい方……、御匣殿《みくしげどの》も定子様について、ずっと皇子様方のお世話を手伝ってくださっていたのも、定子様の支えになったんじゃないかしら。

あの日……、五月五日は、菖蒲《あやめ》の節句だった。

宮中からは菖蒲の輿《こし》や薬玉《くすだま》が届《とど》いたわ。

菖蒲の輿というのは、菖蒲を載《の》せた小さな御輿《みこし》で、薬玉は、菖蒲やよもぎ、五色の糸などで作った丸い花束《はなたば》のようなもの。魔除《まよ》けになると言われているわ。

それら節句の品が届くと、いっきに家が華《はな》やかになった。

若い女房《にょうぼう》たちも御匣殿《みくしげどの》もはしゃいで、脩子《ながこ》様と敦康《あつやす》様のお衣装《いしょう》に薬玉をつけてさしあげたりしていたわ。

美しい菖蒲を見て、わたしもすがすがしい気持ちになっていたんだけど。

定子《ていし》様は、お顔の色がすぐれなかったの。

(そういえば、このところご気分がすぐれなくて、お食事もあまり進んでおられないわ……)

ふと、見ると、見慣れないお菓子が置いてあったの。

「これは何かしら?」

女房にたずねると、

「ああ、それはほかのものと一緒《いっしょ》に届いたの。『青ざし』とかいうものでしょう」

と答えてきた。

青ざしって、青い麦を粉にし、塩味をつけたお菓子のことよ。

食べやすくて、お腹にも優《やさ》しいものなの。

（これなら、食欲がなくても、食べていただけるかもしれないわ）

わたしはきれいな薄紙《うすがみ》をうつわに敷《し》き、その上に青ざしを載《の》せて定子《ていし》様にお持ちした。

すると、定子様は、その紙を少し破り、

みな人の　花や蝶《ちょう》やと　いそぐ日も
わが心をば　君ぞ知りける

そう書いたものをくださったの。

人がみんな、節句の行事にいそしんで、喜び楽しんでいるこの日にも、あなただけはわたしの心を察してくれて、心配してくれているのね。

そういう意味の歌だ。

ご気分のすぐれないときでも、こうやってわたしの心を察して、歌でねぎらってくださる。

（さすが定子様……。この方にお仕えできて、本当に良かった）

改めて、そう思ったわ。

そのとき。

（わたしは年を取っても、定子《ていし》様がどんな風になられても、いつまでもお仕えする覚悟《かくご》でいるけれども、いつまでこの日々が続くだろうか……）

なんとなくだけど、定子様がふっと消え失せてしまわれるような、心もとない様子に見えたの。

今までのお産のときも、定子様のことが心配だった。

でも、そんなことを考えたのは初めてだったの。

（わたしったら、何を……、ばかなことを。この時期につわりでご気分が悪いのは、いつものことじゃないの。心配しすぎだわ）

不安な気持ちをふり払うように、わたしは節句ではしゃぐ女房《にょうぼう》たちの間に戻《もど》った。

五月の末ごろ。

道長《みちなが》様が病気になられて、彰子《しょうし》様がお見舞《みま》いにご実家に戻られた。

すぐに良くなるだろうと思っていたが、これが長引き、彰子様はまだ、しばらく一条院に戻れないことを、天皇様にお知らせになった。

道長《みちなが》様の回復はずいぶん遅れてしまい、八月になっても彰子《しょうし》様はお戻《もど》りにならなかった。

天皇様は、この機会を逃《のが》したくなかったのでしょうね。

身重の定子《ていし》様と、脩子《ながこ》様、敦康《あつやす》様を宮中に呼び寄せられたの。

定子様のお腹の赤ちゃんも六か月ほどになっていた。

ふつう、お妃《きさき》が妊娠《にんしん》して宮中を出ると、赤ちゃんが生まれるまでは戻ってはいけないことになっている。

その決まりを破ってまで、お呼びになるほど天皇様の気持ちはせっぱつまっておられたのだろうと思う。

愛する定子様と一緒《いっしょ》にすごせる機会は、これを逃すと、もうないかもしれない……。

ひょっとしたら、そんな予感めいたものが、天皇様にもあったのかもしれないわね。

二十日間だけ、天皇様と定子様、そして脩子様、敦康様は共にすごされた。

そして、それが、お二人がすごされた最後の日々となった。

十二月十五日、定子様は三人目の赤ちゃん……女の子……第二皇女様をお産みになった。

けれど、それで生命《いのち》の力を使い果たしてしまわれた。

十六日、定子《ていし》様は亡《な》くなられた。

伊周《これちか》様は、定子様の体を抱《だ》き、ひどくお泣きになった。

まだ二十四歳という若さだった。

輝《かがや》くような栄光と、厳《きび》しい凋落《ちょうらく》と、かけがえのない天皇様の愛を一身に受けた、けしておだやかとはいえない人生だった。

定子様は、ご自分の死期を察しておられたご様子だった。

いつも使っておられた、御帳台《みちょうだい》のところに、遺書《いしょ》が結び付けられていた。

伊周様らが、それを開けてみると、ご自身の葬儀《そうぎ》のことなどと共に、歌が残されていた。

天皇様にあてたと思われる、三首の歌だった。

よもすがら　契《ちぎ》りしことを　わすれずは
恋ひん涙《なみだ》の　色ぞゆかしき

知る人も　なき別れ路に　今はとて
心細くも　急ぎたつかな

煙《けむり》とも　雲ともならぬ　身なりとも
草葉の露《つゆ》を　それと眺《なが》めよ

夜が明けるまで、わたしに愛を誓《ちか》ってくださったあなた。

きっとわたしを恋しがって、涙《なみだ》がかれるまで泣いてくださいますよね。

涙がつきると、人は血の涙が出るといいますから、あなたの涙のその色を見たいわ。

でも、わたしはもう、一人で旅立たねばなりません。

今まで、いつもだれかが、わたしについていて見守っていてくれたのに、知る者がだれも一緒《いっしょ》にいない旅路は、心細いものです。

わたしは、きっと煙となって空に上がることも、雲になることもないでしょう。

天高くなどのぼらず、いつもあなたのすぐ近くにいたい。

草の葉の露を見たら、それがわたしだと思って、ながめてください。


そういう意味の、歌だった。

愛する天皇様の、おそばにいつもいたかったという、定子《ていし》様のあふれる想いが、こめられた歌だった。

定子様のなきがらは、火葬《かそう》ではなく、鳥辺野《とりべの》という場所に建てられた「霊屋《たまや》」の中におさめられた。

十二月二十七日、降《ふ》りしきる雪の中の葬儀《そうぎ》だった。

葬儀には、天皇様は参列できない。

天皇は「死」にふれてはいけない。それが当時の決まりだった。

天皇様は、内裏《だいり》にいらっしゃった。

そして、定子様に歌をおくられた。

野辺までに　心ばかりは　通へども
我が御幸《みゆき》とも　知らずやあるらん

あなたがいる鳥辺野まで、わたしは行くことができない。

心だけはそばにいるよ。

あなたをつつむ深雪《みゆき》は、わたしの御幸《みゆき》であるのだ。

あなたはそれを、感じてくれているだろうか。それとも、もう、それさえわからなくなっているのだろうか。


「御幸」とは、「行幸《ぎょうこう》」……天皇様の外出のことなの。

天皇様が、天皇というお立場ゆえ、定子《ていし》様のお顔を見ることもできず、会いたいお気持ちをころして、ただ耐《た》えていらっしゃる。そういう切ないお気持ちが、歌から伝わってくるわね。


定子様が亡《な》くなられた。

それは、わたしの人生に、大きな穴《あな》があいたような感じ。

その穴から、むなしさが風になって、びょうびょう吹き荒《あ》れたわ。

もちろん、ほかの女房《にょうぼう》たちも、悲しんだ。

だけど、定子様の死は、わたしたちだけでなく、思いもよらなかった影響《えいきょう》を、世の中にあたえたの。

次はそのことを……お話するわね。

8. 清《せい》少《しょう》納《な》言《ごん》、それから

そうそう、道長《みちなが》様のことなんだけど。

道長様は豪胆《ごうたん》で、何も恐《おそ》れない強い方だった。お若いときは特に。

彰子《しょうし》様も中宮になられてからは特に、だれもが道長様に逆らえない。天皇様ですら、道長様の意見に逆らえないようなときがある。

まさにこの世にこわいものなし！　よね。

それが最高権力者になられてから、だんだん変わってこられたそうなの。

聞いた話では、物《もの》の怪《け》や怨霊《おんりょう》を、恐れるようになられたとのこと。

それって、なんでしょうね。

さんざんいろんな人を苦しめ、追い落とし、泣かせてきたことが、あとになって恐ろしくなってきたということかしら？

定子《ていし》様のこともそうなのよ。

定子《ていし》様が亡《な》くなられたことを聞いた道長《みちなが》様は、大変おどろき、恐《おそ》れおののかれたそうなの。ひどくやつれて家にこもり、内裏《だいり》にも現れなかったそう。いったい何をこわがって、家で何をなさっていたかというと、ずっと僧に加持祈祷《かじきとう》をしてもらっていたというの。いったい何をこわがって、災いや怨霊《おんりょう》をはらってもらっていたのかしらと思ったら、亡くなった道隆《みちたか》様が自分を恨《うら》んで怨霊となり、復讐《ふくしゅう》されることを大変恐れていらっしゃったと、あとで聞いたわ。

あきれて、ものも言えない。

ずいぶん、都合のいい加持祈祷よね。

この先、道長様ご一家は、どうなったかを、言うとね。

彰子《しょうし》様のお立場は、宮廷でますますゆるぎないものになっていった。

彰子様以外の娘《むすめ》たちも、次々、次世代の天皇や皇族に嫁《とつ》がせ、道長様はもう、これ以上望むものはないぐらいのお立場になられるんだけど。

晩年、極楽に行く道はないかとそればかり気にするようになられて。関白と言うお立場も息子にゆずって、「極楽に行く修行」を夢中になってされたのよね。

出家もされ、大きなお寺を建立されたしね。

この世でほしいものは全部手に入れたら、それで満足される訳ではなく、今度は極楽行きが目標になったという訳。

え？　それで、道長《みちなが》様が目標通りに、極楽に行かれたかって？

さあ、なにせ千年も前の話ですからね。

道長様もとっくに亡《な》くなられているんですけど、お望み通り、極楽に行かれたのかどうかは、わたし、知らないわね。


定子《ていし》様の亡くなられたことは、貴族の世界に波紋《はもん》を起こしたわ。

定子様の亡くなられたときね。お母様の方のご親戚《しんせき》である高階《たかしな》家の方々は、だれ一人、たずねてこられなかったの。

それに中宮職《ちゅうぐうしき》の者も、現れなかった。

亡くなってからも、定子様にかかわると、道長様ににくまれると思われたのかしら。

このことは、源俊賢《みなもとのとしかた》様が、

「見損なったよ。人の心がないのか！」

と大変お怒《いか》りになったというわ。

定子様が亡くなられて三日後、思わぬことが起きた。

藤原成房《ふじわらのなりふさ》様が世をはかなんで失踪《しっそう》されたのよ！

出家を望んで、家出されたらしいのね。

成房様はまだ幼《おさな》いころ、花山上皇《かざんじょうこう》様が天皇様だった時代、華《はな》やかにおくらしだったのだけれど、時代の波と、権力争いに負け、一家没落《ぼつらく》というおつらい目にあわれているの。

道隆《みちたか》様や定子《ていし》様の運命が、成房様ご一家の運命に重なって、世の中がいやになられたのだ……といううわさを聞いたわ。

成房様は仲の良い行成《ゆきなり》様に説得されて、いったん戻《もど》ってこられたんだけど、一年後にやはり出家されたわ。

続いて定子様の四十九日の前日、今度は成房様の親友でいらっしゃった源成信《みなもとのなりのぶ》様と、藤原重家《しげいえ》様が一緒《いっしょ》に三井寺に行き、二人そろって出家されてしまったの！

お二人は定子様のことを応援《おうえん》してくださっていた方で、わたしたち女房《にょうぼう》のところにしょっちゅう来られていた方なの。

お二人はまだお若く、そろって美男でいらっしゃって、宮中の人気者。そしてそれぞれ左大臣、右大臣のご子息であったこともあり、大変な衝撃《しょうげき》を、貴族の社会にあたえたわ。

出家の理由は、道長《みちなが》様の長いご病気の看病《かんびょう》に疲《つか》れた、病に苦しむ道長様を見ていたら、世の中がむなしくなったとのことだけど……。

貴族の社会は優雅《ゆうが》そうには見えるけれど、道隆《みちたか》様ご一家のような、突然の凋落《ちょうらく》は、珍《めずら》しいことではなかったの。

世の中の動きによって、常に権力者は変わるし、その中で一家を守って生き抜くのは大変なことだったと思う。

定子《ていし》様の死がきっかけになって、「世の中の無常」「栄耀栄華《えいようえいが》などむなしい」という風潮《ふうちょう》が、若い貴族の方々の中に強く広まってしまったようなのね……。


そして、その後の天皇様のこと……。

定子様の亡《な》くなられたあと、天皇様は孤独《こどく》になられた。

ほかのお妃《きさき》様にも、会う気になれず、しばらくは、御匣殿《みくしげどの》がお世話する我が子に会うのだけを楽しみにしておられたわ。

定子様と面影《おもかげ》がどこか似ている御匣殿と、なつかしい話や、子どもの成長を見守っていくのを静かな喜びとしておられたけれど……。

ところが御匣殿までもが亡くなってしまわれたの。

天皇様は、ますます孤独《こどく》でやりきれないお気持ちになられたでしょうね……。

定子《ていし》様が亡《な》くなられた次の年、敦康《あつやす》様は、彰子《しょうし》様のもとに引き取られることになったの。

道長《みちなが》様の決めたことよ。もし、このまま彰子様に男の子が生まれなかった場合のことを考えて、そうさせたのね。

敦康様が、本当に次の天皇になられた場合、彰子様が義理の母で、道長様が義理の祖父ということであれば、なんとか地位を保てるという思惑《おもわく》から、敦康様の母になるように彰子様に命じたのね。

怨霊《おんりょう》におびえながらも、ちゃんと次の手は打つって、道長様らしいわよね。

彰子様が敦康様のお母様になられるって、それって、どうなの？　だいじょうぶなの？　彰子様は、平気な訳？　だって定子様のことは、直接お会いする機会はなくても、さんざんうわさを聞いてらっしゃるだろうし、彰子様にしたら、最大のライバルだった相手でしょ？

わたしは、すごく不安だったわ。納得《なっとく》できない気持ちよ。

でも、彰子様は、道長様の言いつけに逆らわなかった。

彰子様は、生まれてこのかた、ずっとお父様の言うことを聞いて、それが正しいと思い、生きてこられた方だからね……。

そして……意外だったんだけど、彰子《しょうし》様は敦康《あつやす》様を大事に育ててくださったの。

とてもかわいがってくださったというわ。

敦康様はとてもかしこく、勉強熱心なお子であられたそうよ。

伊周《これちか》様も徐々に許されて、宮中で甥《おい》である敦康様の成長を見守ることができるようになったの。

伊周様はのちに……敦康様が七歳におなりになったときに、大臣に準ずる高い位に任命されたわ。

このの ち、彰子様が二十一歳のときに天皇様のお子ができ、男の子……天皇様の第二皇子様……敦成《あつひら》様が誕生《たんじょう》された。

もちろん道長《みちなが》様は、待ちに待った男の子の孫の誕生におおはしゃぎ。

こうなると、敦康様は、道長様にとっては邪魔《じゃま》者よね。

自分の血を引いた孫に、東宮《とうぐう》……いずれ天皇になる立場……に、なってほしいと思うわよね。

一方、天皇様は、長男である敦康様を、なんとかお世継《よつ》ぎにできないかと思っておられた。

定子《ていし》様の忘《わす》れがたみであり、とてもかわいがっておられたわ。

それに、中宮という高い位の母親から生まれてもいるし、長男でもあるから、東宮になるにふさわしい条件はそろっている。

でも、決定には迷いもおありだった。

道長《みちなが》様が、それを快く思うはずがないということ。

それから、それまで敦康《あつやす》様の後ろ盾《だて》になっておられた伊周《これちか》様が、亡《な》くなられてしまったこと。

それを思うと、迷いは深くなられたわ。

天皇様は三十二歳のときに、発病されたわ。初めは軽いものとみんなが思っていたその病が、思いのほか重くなり、とうとう天皇様はご自身の死を覚悟《かくご》された。

「いよいよ譲位《じょうい》のときが来たようだ」

天皇様は信頼《しんらい》する行成《ゆきなり》様に相談なさったのね。

行成様は、敦康様を東宮《とうぐう》にしたいという天皇様のお気持ちをよく知っておられたわ。その上で、よくよく考えて、こう言われたの。

「もしここで敦康様を東宮になさっても道長様がやすやすとそれを認《みと》めるはずがございません。当初は東宮に立てながら、位からおろされた例もございます。運があって、晩年に帝位におつきになった天皇も、かつていらっしゃいました」

行成様は、敦康様のお世話をずっと任されていらしたし、行成様ご自身も、敦康様が東宮になられたら、とてもうれしかったでしょう。

それでも、そうおっしゃったのは、天皇様が亡《な》くなられたあと、敦康《あつやす》様が道長《みちなが》様ににくまれたまま東宮《とうぐう》になられても、お幸せになれないかもしれない……。

そう思っての言葉だったと思うわ。

天皇様は結局、この行成《ゆきなり》様の意見に納得《なっとく》され、敦成《あつひら》様を東宮にしようと決められた。

ところが！　その決定をあとでお聞きになった彰子《しょうし》様が、道長様にこうおっしゃったの。

「天皇様は、兄弟の順に帝位をと、お望みのはずです。敦康も、ご自分が東宮になるであろうというお心積りもされていることでしょう。敦成自身はまだ小さいのですから、今回の件は、撤回《てっかい》していただきたく思います」

つまり我が子の敦成様より、敦康様を東宮にするべきだと、意思を表明されたの！　今まで、道長様に逆らったことのない彰子様がよ！

……彰子様はご自分のお子ができるまでの長い間（入内《じゅだい》されて九年後だものね）天皇様は定子《ていし》様のことを忘《わす》れきれず、ずっと自分の方をふり向いてはくださらないという、孤独《こどく》なお立場だった。

だから……敦康様とすごされたその時間が、やすらぎだったのかもしれない。

心から、小さな敦康様を愛して育ててくださったから、そうおっしゃったのだ……わたしはそう思う。

定子《ていし》様も苦しまれたけれど、彰子《しょうし》様も悩《なや》んだり、考えこんだり、やっと見つけた信頼《しんらい》できる女房《にょうぼう》に相談したり（紫式部《むらさきしきぶ》っていう、有名な物語作家が、彰子様の女房になったのよ。わたしが宮中に行かなくなったずっとあとだから、お話したことはないけれど。彰子様は紫式部のことをとても信頼されていたというわ）いろんなことを乗りこえて、生きていらっしゃったのね。

敦康《あつやす》様を見るたびに、天皇様は定子様のことを思い出されたことでしょう。

その子を、わが子のように育ててくださった彰子様、そして定子様の忘《わす》れがたみに譲位《じょうい》をしたいと願う天皇様のお心を大事にされた彰子様。

うつわの大きな方……さすが生まれながらのお妃様《きさき》……立派《りっぱ》な中宮様だったと思うわ。

え、わたし？

わたしはその後どうしたのかって？

わたしはお勤《つと》めをやめたわ。

定子様のご葬儀《そうぎ》や四十九日、御匣殿《みくしげどの》のことがあったので、すぐに家に帰ってそれでさよなら……という訳にはいかなかったけれど、敦康様が宮中に行かれることが決まったときに、もうそれで、おしまいにしたの。

ほかのお妃《きさき》様のところにお勤《つと》めに行った女房《にょうぼう》もいたらしいけれど、わたしはもう二度と宮中に行きたいと思わなかった。

高貴な方々のくらしにあこがれたり、自分の力を認《みと》めてもらいたいとか、知的でセンスのある会話をしたいとか。そういう気持ちはもう、すっかりなくなってしまった。

わたしにとって、宮中は、定子《ていし》様がすべてだった。

定子様以外の方に、お仕えするなんて、ありえなかった。

（この先は、どのようにして生きようか）

ぼんやり、そう思っていたときだった。

藤原棟世《ふじわらむねよ》という方……わたしよりもずいぶん年上の、落ち着いた方……が、結婚《けっこん》を申しこんでくださったの。

棟世さんは、摂津守《せっつのかみ》（大阪府北部から兵庫県のあたりをおさめる仕事）をしていたの。

わたしは……都から離《はな》れた場所で、棟世さんと一緒《いっしょ》に、おだやかなくらしをするのも、いいかもしれないと思い、三十五歳にして、また結婚したの。

あれほど、つまらないとか、自分の才能を生かせないとか、不満を持っていた主婦生活に戻《もど》ったという訳。

今度の主婦生活は、でも、前とずいぶんちがったわ。

棟世《むねよ》さんが、とても大人で、わたしのことを、広い心で認《みと》めてくれた。

わたしがいくら、『枕草子《まくらのそうし》』ばかりに夢中になって、時間を忘《わす》れて書いていても、笑って見守っていてくれたのよ。

そう、わたしには、『枕草子』を書くという、大事な時間があった。

前に書いて貴族の方々の手に渡っていたものを手元に戻《もど》し、改めて書き直したり、思い出したことを書き足したりして……。

どれも定子《ていし》様との思い出が詰《つ》まったことばかりね。

『枕草子』の中に、わたしは、いっさい悲しいことやつらかったことを書かなかったわ。

定子様がどんなにすばらしい方だったか、どれほど天皇様と愛し合われていたのか、わたしたち定子様にお仕えする女房《にょうぼう》が、輝《かがや》くような毎日をすごさせていただいたか……。

どんなときでも、楽しみを見つけてほがらかにすごされていた定子様だから、ご自身が悩《なや》んでいたり苦しんでいたすがたなんて、だれにも読んでほしくないと思うわ。

一応、一冊の本として完成したのが、定子様が亡《な》くなられてから十年後ぐらいかな。

『枕草子《まくらのそうし》』は、大変な人気作になり、どんどん読まれたわ。

あるときは、定子様を失った悲しみにくれる方々の、なぐさめとして。

あるときは、純愛を許されないお立場の一条天皇様と、波乱を生き抜いた定子様の、心をうつ愛の記録として。

「定子様の絶頂のみを描《えが》き、いっさい女主人の背景《はいけい》にある、凋落《ちょうらく》を口にしない、その心配りがすばらしい」

なんて、勤め人としての心がけを評価されたこともあったわね。

中世に入ったら、もう、めちゃめちゃヒットしちゃって、「一家に一冊、『枕草子』」なんて時代もあったんだから、びっくりするわよね。

それが続きに続いて、千年以上も先の人たち……今これを読んでくださっているあなたにまで、届《とど》いているという訳よ。

わたしは、『枕草子』にこんなことを書いている。

うれしいもの。

物語の一巻だけ読んで、おもしろいなあって思っていたら、続きの巻を見つけたとき。

まあ、読み終えると、あんまり盛り上がらなくて、がっかりするようなこともあるけど。ものすごくこわい夢を見て、あれって何か不吉な前兆だったらどうしようかって、気になって気になってしょうがなかったけど、夢判断をしてもらったら、なんでもないことですよって言ってもらったとき。

すごくいい紙を手に入れたとき。

だれかが詠《よ》んだ歌が、すごく人の心に残って、書き写されて。それが世の中に広まっているのを知ったとき。

わたしは、そんなことは今までないけど……でも、自分の書いたものがそんなふうにおおぜいに読まれて、どんどん世の中に広まったりしたら……。

きっと、ものすごくうれしくてたまらないだろう。

ね、すごくない？

これを書いたとき、わたしの書いたものが千年も読み継《つ》がれるなんて、思いもしなかったの。

わたしの願いが、かなったわ。

それも想像をはるかにこえる形でね。

「うれしいもの」には続きがあるの。

いろいろ書いてあって、その段の最後はこんな感じよ。


その御前に、人々がすきまなくおおぜい座《すわ》っていて、遅《おく》れてしまったために前に行けず、しかたなく遠い柱になど寄りかかっているのを、すばやく見て取られた定子《ていし》様が、

「清少納言《せいしょうなごん》、もっと近くにいらっしゃい」

とお声をかけてくださり、座っている人が道をあけてくれる中、定子様のお近くにまで行ったとき。


うん。

それって本当にうれしいことだったわ。

そのときのことを思い浮かべたら、今でも幸せになるわね。

9．おわりに

こんにちは。

また、令丈《れいじょう》ヒロ子です。

清少納言《せいしょうなごん》さん、語るだけ語ったら、本の中に戻《もど》ってしまわれましたね。

まあ、あれだけあつく語ったら、お疲《つか》れになったことでしょう。

しばらく、お好きな段の中に滞在《たいざい》して、ぐっすりおやすみになるのではないでしょうか。

清少納言さんも、言っておられたように、『枕草子《まくらのそうし》』は、一条天皇の皇后《こうごう》、定子《ていし》のことを中心に書かれたものです。

『枕草子』をそのまま現代語訳してあるものを読むと、定子の身の上に起きた、大変な事件のことは一切書いてありません。

また、順番も、特に年代順になっていません。本のわりと最初の方に、定子が、平生昌《たいらのなりまさ》の家に移られたことが書いてあったり、後半に、まだ出仕してまもないころの話が出てきたりします。

内容から、その時期がわかるものもあれば、わからないものもあります。

なのでわたしは、背景《はいけい》にあったことを何も知らず、『枕草子《まくらのそうし》』の現代語訳を読んだときは、

「へえ、この時代の宮中って、楽しそうだなあ。華《はな》やかで、優雅《ゆうが》で、いいなあ」

「定子《ていし》様と天皇様って、結婚《けっこん》して長いのに相思相愛で、いいなあ」

「ほととぎすの声を聞きに行くためだけに、牛車でおでかけなんて、のんびりしたいい仕事だなあ。女房《にょうぼう》って」

というような、のんきな感想しか、浮かびませんでした。

職《しき》の御曹司《みぞうし》が、内裏《だいり》の外で事務所みたいなところだったと知らなかったので、当時のお屋敷《やしき》は防音設備がないから、外の声が丸聞こえだったんだなあ、とか。

生昌《なりまさ》の家に、なぜ定子たちが移り住まれたのかもわからないので、わざわざ風流を求めて、わざとそういう「一般人の家」に行かれたのか、ぐらいに思っていました。

そんな歴史的な背景に興味がなかったわたしでも、『枕草子』は楽しめました。

有名なものといえば、「春はあけぼの」で始まる、四季の美しさ、楽しいところを映画の一シーンのようにあざやかに切り取った、第一段でしょう。

教科書で読んだという方も、多いのでは?

第一段に代表されるように、『枕草子《まくらのそうし》』には、はっとするような自然の描写《びょうしゃ》が多いです。それも、非常に斬新……と言いますか、単にきれいだとか、情緒《じょうちょ》があるというような描《えが》き方ではなく、目のつけどころがクールなんですね。

四季を描くなら、ふつう、春は桜が美しい……とか。夏は夏で、夏らしい花に蝉《せみ》の声とか、秋は紅葉、冬は雪景色。そんな感じがまず、浮かぶのではないでしょうか。

それも現代ならともかく、歌で自分の気持ちを、日常的に表現していた時代に。

「花」といえば桜をさし、春の季語でもありますから、春＝桜って、貴族の共通認識《にんしき》になっていたような時代です。

着るものも、花や木の色を表したかさねの色……、たとえば春は桜がさね（表地は白で裏地が赤。白にうっすら赤が透《す》けて見えてそれが桜の色に見える）、秋は紅葉がさね（表地は赤、裏地がこい赤で、重なった赤が紅葉のような深みのある赤に見える）、などが、あったぐらいですから。

それが、「春のいいのは、夜明けの景色よ」といきなり言い切るというのは、そうとう大胆《だいたん》で新《しん》鮮《せん》です。

「夏も夜がいい。それもほたるがたくさん闇《やみ》を飛び交うのもいいけど、二匹ぐらいのがほのかに飛んでいるのもいい。あ、雨の夜もいいわよね」

とか言われると、本当にその景色が次々目に浮かんできます。

しかも「あれもいいけど、これもおもしろい」とテンポよく場面を切り替えるので、飽《あ》きません。

秋はカラスとか雁《がん》の様子。これもびっくりです。

単に景色じゃなくて、そこに生きるものたちの動きが、清少納言《せいしょうなごん》カメラにとらえられている感じです。それも手前にカラス、奥《おく》に雁の連なって飛ぶ形を見ているので、動きと奥行きのある風景が、もう本当に映画のようです。

夏は虫、秋は鳥の動きを描《えが》いているので、冬も何か自然の中の生き物の様子が出てくるのかと思いきや、今まで外を映していたカメラは、屋敷《やしき》の中にくるっと方向を変え、なんと屋敷に住む人々を描きます。

雪が降《ふ》り霜《しも》もおりたようなとても寒い日は、急いで火鉢《ひばち》の炭に火を起こすのが、冬らしくて好き！　と言われて、また、あっと思います。

雪景色を完全無視するのではなく、雪は当然あるので、そこはさらっとやりすごして（たぶん、当たり前すぎる表現が、おもしろくなかったんでしょうね！）。

で、ぐぐっと最後は火鉢の中の炭のアップになります。

「あたたかくなってきたころに、白く灰《はい》になってるのは、ちょっとまぬけっぽいけどね！」

というオチで、軽くふざけて終わります。

すごいですね。

意外な視点で、おやっと思わせる。美しいものをちらっと見せたかと思うと、間延びしないうちに、次々珍《めずら》しいものを見せ、最後は意外な展開で、しかも身近な、だれもが一度は思ったことのあるようなところにもっていく。

「春はあけぼの」は、ごく短い段なんですが、読めば読むほど、人を飽《あ》きさせない方法がパーフェクトです。

今の世の中だったら、清少納言《せいしょうなごん》さんは、すぐれた映像作家にもなれたんじゃないかと思います。

美しい色彩は言うに及ばず、光の織り成すさまざまな表情、香《かお》り（臭《くさ》いはずなのになぜかくせになる匂《にお》いとか、おもしろいです！）、生き物や、風になぶられる枝葉、水しぶきなどのおもしろい動き、気になる音などなど。

五感をフルに使って、あらゆる方向から、自然を描《えが》いているので、「自然描写《びょうしゃ》の段」だけでも、すごく読みごたえがあります。

その感性と、人をおもしろがらせようというサービス精神でもって、世の中のこと、人間関係のこと、仕事のこと、恋のこと、文学のこと、などがたくさん書いてあるので、おもしろくないはずがありません。

しかし、やはり、清少納言《せいしょうなごん》さんの敬愛《けいあい》する道隆《みちたか》一家に起こったことを知ってから読むと、その楽しい描写《びょうしゃ》、美しい描写が胸《むね》にせまってきます。

特に年代的に後半にあたる、雪山の賭《か》け（第八十七段　職《しき》の御曹司《みぞうし》におはしますころ、西の廂《ひさし》にて）や、菖蒲《あやめ》の節句のシーン（第二百三十九段　三条の宮におはしますころ）は、どのような思いでこの場面を清少納言さんが書いたのかと思うと、切ないものがあります。

この本で、興味を持たれた方は、『枕草子《まくらのそうし》』の現代語訳を読まれることをおすすめします。代表的な段だけを読みやすいようにまとめた抄訳《しょうやく》本もたくさんでていますよ。


ではでは、わたしもこのあたりで失礼します。

清少納言さんのような、すばらしい女流作家の先輩《せんぱい》（というよりご先祖様）の名作にかかわらせていただいたことに、深く感謝します。

原稿を書いている間ずっと、わたしも、とても楽しかったです。

清少納言さん、『枕草子』を書いてくださって……、ありがとうございました。

最後に、有名な第一段を原文で置いておきます。意味がわかった上で読むと、いっそう味わい深く、また言葉のリズムが楽しめるのではないかと思います。

春はあけぼの。やうやうしろくなり行く、山ぎはすこしあかりて、むらさきだちたる雲のほそくたなびきたる。

夏はよる。月の頃はさらなり、やみもなほ、ほたるの多く飛びちがひたる。また、ただひとつふたつなど、ほのかにうちひかりて行くもをかし。雨など降るもをかし。

秋は夕暮。夕日のさして山のはいとちかうなりたるに、からすのねどころへ行くとて、みつよつ、ふたつみつなどとびいそぐさへあはれなり。まいて雁などのつらねたるが、いとちひさくみゆるはいとをかし。日入りはてて、風の音むしのねなど、はたいふべきにあらず。

冬はつとめて。雪の降りたるはいふべきにもあらず、霜のいとしろきも、またさらでもいと寒きに、火などいそぎおこして、炭もてわたるもいとつきづきし。晝《ひる》になりて、ぬるくゆるびもていけば、火桶の火もしろき灰がちになりてわろし。

◉参考文献

『枕草子』池田亀鑑校訂　岩波文庫
『枕草子　ビギナーズ・クラシックス』角川ソフィア文庫
『現代語訳　枕草子』大庭みな子　岩波現代文庫
『枕草子』大庭みな子　講談社
『枕草子』時海結以　講談社青い鳥文庫
『まんがで読む枕草子』中島和歌子監修　学研
『枕草子ＲＥＭＩＸ』酒井順子　新潮文庫
『枕草子の歴史学』五味文彦　朝日新聞出版
『清少納言』岸上慎二　吉川弘文館
『清少納言　枕草子』山口仲美　ＮＨＫテレビテキスト
『清少納言と紫式部』奥山景布子　集英社みらい文庫
『源氏物語の時代・一条天皇と后たちのものがたり』山本淳子　朝日新聞出版
『平安女子の楽しい！生活』川村裕子　岩波ジュニア新書
『かさねの色目　平安の配彩美』長崎盛輝　京都書院アーツコレクション
『これで古典がよくわかる』橋本治　ちくま文庫
『今昔物語集　本朝部』池上洵一編　岩波文庫

著者
令丈ヒロ子（れいじょう　ひろこ）
1964年、大阪府に生まれる。幼年童話からヤングアダルトまで、独特のユーモア感覚で幅広い読者に向けた作品を手がける。主な作品に「若おかみは小学生！」シリーズ『メニメニハート』『パンプキン！模擬原爆の夏』（以上講談社）「笑って自由研究」シリーズ（集英社）「S力人情商店街」「ブラック・ダイヤモンド」シリーズ（以上岩崎書店）『ハリネズミ乙女、はじめての恋』（KADOKAWA）などがある。

画家
鈴木淳子（すずき　じゅんこ）
新潟県出身。東京在住。1988年「別冊ASUKA」にて漫画デビュー。少女漫画やケータイキャリアなどでの連載・コミックス発刊多数。著作には『仏教プチ入門』（PHP研究所）、『断捨離アンになろう！』『平安王朝絵巻ぬりえbook』『歌舞伎絵巻ぬりえbook』（いずれもディスカバー・トゥエンティワン）などがある。物語の挿絵は今回がはじめて。

ストーリーで楽しむ日本の古典16
枕草子　千年むかしのきらきら宮中ライフ

2017年1月31日　第1刷発行
2021年1月31日　第2刷発行

著　者　令丈ヒロ子
画　家　鈴木淳子
装　丁　山田 武
発行者　岩崎弘明
発行所　株式会社 岩崎書店
〒112-0005東京都文京区水道1-9-2
電話　03-3812-9131（営業）　03-3813-5526（編集）　00170-5-96822（振替）
印刷所　三美印刷 株式会社
製本所　株式会社 若林製本工場

NDC913　ISBN978-4-265-05006-2

Published by IWASAKI publishing Co.,Ltd. Printed in Japan

ご意見、ご感想をお寄せ下さい。E-mail:info@iwasakishoten.co.jp
岩崎書店HP：http://www.iwasakishoten.co.jp
落丁、乱丁本はおとりかえいたします。

ストーリーで楽しむ
日本の古典

❶ **古事記** そこに神さまがいた！ 不思議なはじまりの物語
那須田淳●著 十々夜●絵

❷ **落窪物語** いじめられた姫君とかがやく貴公子の恋
越水利江子●著 沙月ゆう●絵

❸ **百人一首** 百の恋は一つの宇宙《ほし》…永遠にきらめいて
名木田恵子●著 二星天●絵

❹ **平家物語** 猛将、闘将、悲劇の貴公子たちが火花をちらす！
石崎洋司●著 岡本正樹●絵

❺ **雨月物語** 魔道、呪い、愛、救い、そして美の物語集
金原瑞人●著 佐竹美保●絵

❻ **大鏡** 真実《まこと》をうつす夢の万華鏡、時を越えろ、明日へむかって！
那須田淳●著 十々夜●絵

❼ **今昔物語集** 今も昔もおもしろい！ おかしくてふしぎな平安時代のお話集
令丈ヒロ子●著 つだなおこ●絵

❽ **太平記** 奇襲！ 計略！ 足利、新田、楠木、三つどもえの日本版三国志！
石崎洋司●著 二星天●絵

❾ **東海道中膝栗毛** 弥次さん北さん、ずっこけお化け旅
越水利江子●著 十々夜●絵

❿ 怪談 **牡丹灯籠** 恋、愛、裏切り、死者と生者が織りなす夢と現《うつつ》の物語
金原瑞人●著 佐竹美保●絵

ストーリーで楽しむ
日本の古典

⑪ 伊勢物語
平安の姫君たちが愛した最強の恋の教科書
石崎洋司●著
二星天●絵

⑫ 更級日記
日記に綴られた平安少女の旅と物語への憧れ
濱野京子●著
佐竹美保●絵

⑬ とりかえばや物語
男装の美少女と、姫君になった美少年
越水利江子●著
十々夜●絵

⑭ 徒然草
教えて兼好法師さま、生き方に迷ったときの読むお薬！
那須田淳●著
十々夜●絵

⑮ 東海道四谷怪談
非情で残忍で、切なく悲しい物語
金原瑞人●著
佐竹美保●絵

ストーリーで楽しむ
日本の古典

⑯ 枕草子 千年むかしのきらきら宮中ライフ 令丈ヒロ子●著 鈴木淳子●絵

⑰ 仮名手本忠臣蔵 実話をもとにした、史上最強のさむらい活劇 石崎洋司●著 陸原一樹●絵

⑱ おくのほそ道 永遠の旅人・芭蕉の隠密ひみつ旅 那須田淳●著 十々夜●絵

⑲ 南総里見八犬伝 運命に結ばれし美剣士 越水利江子●著 十々夜●絵

⑳ 真景累ヶ淵 どこまでも堕ちてゆく男を容赦なく描いた恐怖物語 金原瑞人●著 佐竹美保●絵